北京文艺评论

2016—2017年度优秀作品汇编

北京市文学艺术界联合会 编

孟繁华 学术统筹

广西师范大学出版社
·桂林·

目　录

2016 年度优秀文艺评论

文学的新演变与新形态 ………………………………… 白　烨　3

回归戏剧本体

　　——来华演剧热潮带给我们的启示 …………… 胡　薇　15

主题性创作如何走出模板化 ……………………… 于　洋　27

民族国家与文化遗产的共构

　　——1949—1966 年中国少数民族神话研究 …………… 毛巧晖　33

《旅程》

　　——小剧场魔术的新范式 …………………… 柴　莹　47

《环球春晚》打造中国文化国际传播新路径的方式 ……… 刘　颖　59

2017 年度优秀文艺评论

驻校作家制度能否推动大学教育变革 ……………… 舒晋瑜 67

后现代戏剧时代,评论何为 …………………… 颜 榴 81

"十年磨剑"的得与失

　　——由话剧《玩家》引发的思索 ……………… 胡 薇 91

绘画与生活

　　——梅兰芳手势艺术提升的他山之石 ……… 俞丽伟 97

"剥去皮看到本然,那才是生命力最强的"

　　——由《矿工图》谈周思聪的艺术觉醒与风骨实现 …… 曹庆晖 119

唯拓展方能超越

　　——主题性美术创作的内涵范畴与未来机遇 ………… 于 洋 153

君归来兮?

　　——打开《何日君再来》的"死结" ……… 李 岩 161

陆华柏艺术歌曲的意象与调式和声的观念 ……… 江 江 181

技术世界民间曲艺的可能 …………………… 岳永逸 201

数据掺水、口碑虚造、"山寨"评选,"假"你没商量!

　　………………………………… 陈 芳 许晓青 221

附录一　北京文艺评论 2016 年度优秀作品名单 ……… 231

附录二　北京文艺评论 2017 年度优秀作品名单 ……… 235

作者简介 ……………………………………… 239

2016 年度优秀文艺评论

文学的新演变与新形态

白　烨

　　当代文学经过八十年代、九十年代和新世纪以来的演变，经由分化与泛化，发生了巨大的变化。这不仅使文学由过去基本上以体制内作家为主的严肃型文学，已分化为严肃文学、大众文学和网络文学三足鼎立的新格局，而且在不同板块领域内部也进而分野与分蘖，使得文学比过去地域更为广阔，空间更显博大。

　　跟过去较为单一的格局相比，现在的文学多元格局，在各种力量的介入与推导之下，各显身手，活跃不羁，可以说已迫近"百花齐放，百家争鸣"的基本态势。但毋庸讳言，这种前所未有的分化与分立，却使文学整体上陷入了繁而不荣、多而不精的境地，使得当下的文学与文坛，活跃与繁杂并存，机遇与挑战同在。这样的一个现状，是与从社会到经济到文化的"市场化""全球化""信息化"和"娱乐化"等大背景、大环境密切相连的。应该说，这种新的现实，不仅超出了原有的预想，而且大大超出了我们已有的经验，是一种全新的文学存在。

2015 年 10 月,习近平总书记的文艺座谈会讲话公开发表,《中共中央关于繁荣发展社会主义文艺的意见》正式下发。无论是习近平总书记文艺座谈会讲话,还是《中共中央关于繁荣发展社会主义文艺的意见》,都直面当下文艺与文化的现状提出要求,切近文艺领域的新变作出部署。其中有关文艺现状的深刻变化与影响的论述,触及了新世纪文艺的实质性问题。习近平指出:"互联网技术和新媒体改变了文艺形态,催生了一大批新的文艺类型,也带来文艺观念和文艺实践的深刻变化。"这个概要而精到的论述,既指出了新的文艺形态产生的背景与缘由,又指出了新的文艺形态给整体文学带来的巨大而深刻的影响。因此,深入了解文学的如许变化,把握文坛新的走向,就是繁荣和发展社会主义文艺的题中应有之义。

一　新演变

当代文学进入到当下时期,呈现出丰繁的样貌,是经过三十多年的历程逐步演变而来的。而三十多年的文学发展,可以分为三个阶段来看:新时期与八十年代,九十年代,新世纪以来。而在这三个相互衔接与彼此递进的阶段里,文学都遇到了以前未曾遇到过的巨大冲击与挑战。三个阶段分别有三次浪潮,而三次浪潮构成的三次冲击,内涵与侧重各不相同,强度与烈度又前所未有。文学正是在直面这些浪潮、承受这些冲击和迎接这些挑战的过程之中,不断转型与繁荣发展,与社会一起变革,与时代一道前行。

八十年代是以政治浪潮为中心的文学演进。这一时期文学的所有举措与行动,都基本上是围绕着政治性的问题而展开。这种政治浪潮最先表现为人们对"四人帮"及其极"左"路线对文艺领域的祸害和影响的清理与清算。有关文艺与政治的关系问题,有关文艺批评的标准问题,有关文艺的方向与方针问题,有关人性、人道主义问题,等等,便是这种政治背景之下的理论批判与文艺清算的具体表现。与此同时,文艺界在"解放思想,实事求是"的精神推动下,又进而探求文学走出政治束缚之后的新的生长空间与更大发展前景。发生于八十年代中期及其之后的"朦胧诗"争论、"寻根文学"争论,尤其是有关"文学主体性"问题的论争,使得文学进而拓展了观念,找到了新的立足点。文学理论批评界在松动自己的观念,刷新自己的视野的同时,也大力促动了文学创作走出现实主义一统天下的已有格局,"新诗潮""问题报告文学""寻根小说""新潮小说""新写实小说"的相继登台,使得文学创作由"一元"向"多元"大幅过渡,当代文学出现了前所未有的多样化状态。

九十年代的文学,基本上面临的是经济浪潮的影响与冲击,经济与文学的扭结,构成了这一时期文学发展的主旋律。1993 年邓小平"南方谈话"之后推动起来的经济改革热潮,以及随后"市场经济体制"的提出与确立,使社会生活真正走向了以经济建设为中心,经济建设走向了以市场经济为重心,文学赖以生存的社会基础开始由"计划"转向了"市场"。面对突如其来的经济大潮,文学工作者一时格外焦虑,发生于 1994 年间的"人文精神大讨论",实际上是知识文人面临现状与危机的一次重新定位和自我救赎。在这个时期,文学创作一度也充满着迷茫,呈现出散漫、无序的状态。但这一时期的文学,也有两大收获,那就是个人化写作的应运而生,长篇小说的长足崛起。文学走进"新世纪"已整整十五年,迎来另一个更大的浪潮和更强的一次冲击,这就是由传统媒体的转向与网络媒体的新兴联袂构成的信息化与媒体化大潮。与前两次有所不同的是,信息化与媒体化的浪潮倚仗着高新的电子科技手段和全新的运作与传播方式,直接地介入到文学、文化的领域,对文学和文坛构成了强劲而持续的巨大冲击。从显见的层面看,网络带给文学的,主要是依赖于网络平台的网络小说、博客写作,以及那些以网络文学为主业的众多的文学网站。实际上,网络带给文学的,既有新型的文学关系,又有新颖的文学观念,而它们在给整体文学添加新元素、增加新活力的同时,也带来了新的冲击,构成了新的挑战。比如,在网络介入文学之后,主导网络文学和影响整体文学的主要关系与基本力量,是网络科技、网络传媒、网络文化。由此,也带来了一系列新的元素,产生了一系列新的关系。其一,是文学与网络传媒的关系,或者说是文学与新型传媒及其传播方式的关系。其二,是文学与产业的关系,这种文学与经济的深度联姻,是网络带给文学的另一个重要的新型关系。网络自产生之时起,就与商业和资本的关系一直难解难分,而以网络为平台的网络文学,正是凭借着网络科技和资本投入的两个轮子,迅猛而强势地发展起来的。

经过多年的实验与实践,网络文学生产的一些基本方式与模式,已大致稳定下来,形成事实上的行规。在这种方式与模式的确立过程中,一些属于网络文学所特有的文学观念,也形成一定的范式,造成广泛的影响,从而给当代文学在带来新鲜养分的同时,也带来了新异的冲击。比如,文学写作上娱乐第一的原则,文学传播上读者至上的观念,文学经营上利益为重的理念,等等。这些观念既在导引着网络文学的运行,又在影响着整体文学的发展,使文学从构成元素到内在动力,都更为多元和多样。

二　新形态

与以前的文学时期相比,进入新世纪之后的文学,因为社会生活的疾速发展和文化环境的剧烈变异,遇到的问题和面临的挑战,日益由外部深入到内部,这使得文坛不能不相应地发生变化,而这种变化既是潜移默化的,又是极其巨大的。

过去的文坛,大致上是以专业作家为主体队伍,文学期刊为主要阵地,作协、文联为基本体制的一个总体格局。这样一个当代文学的传统结构模式,在进入新时期的八十年代之后,就在种种革新与冲击之下,发生了一些显而易见的变异。如政治意识形态让位于文学本体理念,民间写作大量涌现,网络文学强势崛起,等等。而九十年代以来以市场经济为中心的社会变革,广泛而深刻地影响着社会生活的方方面面,这使得文学赖以存身的经济基础、文化环境和传播手段等都发生了前所未有的剧烈变动。对应着经济基础、文化环境和传播手段的变化,市场化、大众化和传媒化联袂而来,并形成了一种基本定势。可以说在被动应变和主动求变的两种动因之下,文坛开始发生结构性的变化。比如,几十年来基本上以文学期刊为主导的严肃文学,已逐渐分泌和分离出以商业出版为依托的大众文学,以网络媒介为平台的新媒体文学(或网络文学)。

严肃文学或主流文坛,在过去,基本上就等于整个文坛。由作协、文联系统主办的各类文学期刊,是文学作者学习写作和发表成果的基本阵地,也是文学读者阅读作品和瞭望文坛的唯一窗口。现在则不然,一些作者可经由出版运作直接出书,或在文学网站自由发表作品;文学的进路与出路都较过去更多了。但文学期刊仍然以严肃文学的坚守,高质量作家作品的推出,成为整体文坛的重要构成和重心所在。

大众文学是在文学图书的市场化出版与商业性营销的过程中逐渐浮出水面的。进入九十年代以来,因为出版行业的逐渐市场化,尤其是民间力量介入出版后进而强化了市场运作与媒体炒作,文学出版开始由过去的以作者为主转而走向以读者为主,一些文学名家的力作经由"炒作",大幅度地提高了印数,一些无名作者的作品也可经由精心包装,走进图书市场甚至成为畅销作品,文学出版由此进入了市场化的新阶段。而在长篇小说出版领域,则逐步形成了以"圈子里"叫好的严肃作品和"场子里"叫座的流行作品两类作品各行其道的基本趋向。

新媒体文学的主要构成是网络小说,尤其是类型小说。按照大的走向,类型小说可分为写实与虚构两大板块。写实板块里,有官场、职场、婚恋、校园、历史、军事、特战、谍战等。虚构板块里,则有武侠、仙侠、穿越、架空、灵异、修真、惊悚、耽美等。类型小说不仅在青少年读者中广受欢迎,而且成为影视、游戏、动漫等形式进而改编衍生产品的主要来源。除此之外,博客写作、手机文学也在蓄势待发。

在这样一个三足鼎立的文学新格局的背后,是文学的环境与氛围的变异,是文学的生产与传播的转型。新世纪文学显然在不断地延展与陡然的放大之中,已非单一、单纯的文学领域里的自给自足的现象,它必然又自然地连缀着社会风云、经济风潮与文化时尚,正成长或变异为一种混合形态的新型文学。

我以为,文学的这种前所少有的新变,文坛这种与前不同的态势,也如同社会经济生活出现了不同以往的新状态一样,文学也进入了一种有别于以前时期的新形态与新生态。这种新形态与新生态的主要特征是:当下的文学进入了一个凝聚着新力量,混合着新关系,含带着新元素的文坛新阶段。

概要地说,这种文学新形态、新生态,主要表现在以下四个方面:

第一,在文学生产上,日益呈现出多机制与多成分的混合性、混血性,创作的组织,写作的主导,作品的运作,由传统的作协体制、期刊和出版社机制,变成事业与企业、国企与民营、纸媒与网络等多种力量共同参与、多个链条齐头并举的多元状态。

第二,介入文学的元素增多了,影响文学的关系复杂了。过去影响文学的,主要是社会文化氛围,现实政治环境。现在不断加入进来的,既有市场与资本,又有传媒与信息,还有网络与科技,这些元素的介入与强化,使得文学的场域格外混杂,文学的关系更为复杂,影响文学的元素与因素、动能与动力,也更加多维与多向。

第三,在作家群体与作品构成上,因为新代际的崛起,类型化的分泌,成分更为丰富,样态更为繁杂。严肃与通俗,传统与类型,纸质与电子,线上与线下,各自为战,又相互渗透,总体形态更为丰繁多样。

第四,文学的传播、阅读与接受,因文学读者的年轻化,审美趣味的分化,娱乐需求的强化,在文学类型多样化的同时,文学的阅读也将进而走向分层与分众,多面与多边。经典阅读与轻松阅读,纸质阅读与电子阅读,静态阅读与移动阅读,将在分化中并立,在共存中互动,并带来趣味上的抵牾与观念上的冲撞。

三　新挑战

新的演变带来新的格局、新的形态,也构成了新的问题、新的挑战。这些问题以新旧杂陈的方式交织在一起,总体上又呈现出丰繁多样的状态,令人目迷五色,难以分辨;而即便是理清了眉目,找到了症结,又因其盘根错节,犬牙相制,在如何处理和应对上又构成极大的挑战。

这些构成冲击与挑战的问题与难点,可从以下四个方面来看:

一是写作的分化。

文学写作日趋分化,已是不争的事实。这种分化从大的方面看,有靠近严肃文学的,有偏于通俗文学的。深入底里去看,严肃文学中又有为人生的,为人民的,为个人的,还有为艺术,为评奖的;为评奖的写作中,还分别有为"茅奖"的,为"诺奖"的。而以网络文学为主的通俗文学写作中,有为兴趣的,为娱乐的,为出名的,为挣钱的,五花八门,不一而足。作为一种个人化的精神劳作,文学写作的各种追求,似乎都无可厚非,但实际上却是大可予以追问的。如果写作只是个人宣泄,只是文字游戏,没有更高的目标,缺少艺术的品质,不考虑读者的观感和社会的效益,这样疏离世道人心的作品很可能是既给读者添堵,又给社会添乱。文学与艺术创作中之所以经常会出现一些庸俗现象与低俗乱象,盖因一些写作者秉持的理念只有基本的下线,不求较高的上线。

文学写作作为一种精神劳动,文学作品作为一种艺术成果,怎样在追求个人性中兼顾公众性,在信守自主性中兼顾社会性,在适从市场性中兼顾艺术性,在图求艺术性中兼顾思想性,需要写作者不断检省自己和校正路向,也需要文学从业者和关系人理清自己的思想观念,树立正确的判断尺度与健康的欣赏趣味,努力造成不失正鹄的审美风尚和光风霁月的文化环境。

二是传播的变化。

文学传播较之过去,既在纸质化的方式上新增了电子化的传播方式,同时也借用和借重其他方式,使文学传播进而趋于多样化了。

电子与网络介入文学传播,一开始只是网络文学作品,现在则不限于此。纸质作品的电子化,网络作品的纸质化,这种双向转换已是出版领域的常态化方式,这使传统形态主要以纸质形式传播的文学作品,越来越多地走向了电子化。现在不仅图书电子化了,而且期刊、报纸也电子化了。这种电子化延伸到手机之后,手机也变成了移动化的阅读工具,使得阅读在时间与空间上得到了前所未有的扩伸与延展。

传播的变化带来的,不只是在纸质形式之外又有了电子形式,它还打破了传统阅读的静态方式,超越了纸质作品背靠背的阅读方式。它的动态型阅读,尤其是跟着作者更帖阅读的方式,使电子形式的传播充满了一种读写之间的密切互动,作者留意读者的跟帖,读者介入作者的更帖,这使传统的作者与读者的关系,变为了偶像与粉丝的特殊关系。这种读写互动的共同体,也构成了网络文学不同于传统文学的最大特征。

文学传播中的另一个新现象,是影视改编作品对于小说原作的大众化推广。小说改编影视作品,这在过去多见于传统型的纸质作品,但现在则成为网络小说走向读者大众的一个重要方式,许多传布于网络之际的类型小说,通常先改编成影视作品,经由高水平的技术制作与艺术演绎赚取较高的收视率之后,再予出版纸质作品,进而占领出版市场,赢得更多读者。前几年的《后宫甄嬛传》《步步惊心》,近期的《琅琊榜》《花千骨》等,都是极为成功的典型例证。这种运作方式的迭获成功,已使网络小说作者把改编影视作品看成最为重要的传播方式,而网络小说也由此成为影视作品改编的主要来源。

三是阅读的俗化。

现在的阅读越来越趋于通俗,乃至低俗,是显而易见的。阅读的这种下滑性变化,有两个方面的主导因素与具体表现。

一方面是娱乐性的欲求逐步凸显,消遣性的需求不断增强。这些年,随着娱乐化的文化潮流渐成风尚,消遣性的文化消费大力增长,文学作品尤其是流传于网络的类型小说开始注重娱乐性元素和游戏性功能,使得注重消遣与娱乐的文学阅读与文化消费,有了可供选择的丰富对象,供与需两个方面形成互动关系,构成了一定的利益链条。这些年来,在文学图书的出版销售中,越来越呈现出两种不同的取向,一种是"圈子"里叫好的,一种是"场子"里叫座的。"圈子"里叫好的,"场子"里不叫座;"场子"里叫座的,"圈子"里不叫好。而那些"场子"里叫座的,要么是官场小说、职场小说,要么是玄幻小说、穿越小说,或者是改编了影视作品的小说原作。总之,一定是故事好看的,意趣好玩的,读来轻松的。

另一方面是随着网络科技蓬勃兴起的电子阅读。电子形式的阅读,带有轻阅读、快阅读、碎片阅读、图像阅读的诸多特征。这种阅读近似于浏览,主要以获取显见的信息与浅层的愉悦为主,与旨在精神陶冶和艺术审美的深度阅读相去甚远,但已成为青少年文学阅读的重要方式。2013 年,广西师范大学出版社做了一个"死活读不下去的书"的网络调查,数千名网友参与投票,把诸如《红楼梦》《百年孤独》等已有定评的中外文学名著一概投了进去,而且还位列前茅。这里蕴含的问题,既有现在的一些文学读者在观念上疏远经典的问题,也有一些青年读者用电子阅读的方式对待经典的阅读错位问题。还有一个实例是,2015年上半年,在北京大学图书馆、山东大学图书馆所做的学生借阅文学图书排行榜上,两所大学图书馆都是《盗墓笔记》排第一。即便《盗墓笔记》属于网络小说中的力作,但仍属于通俗性的类型文学,那么多的名校大学生竞相阅读,不免令人为之惊愕。现在的大学生,应属"九零后"一代中的精英,而他们在文学阅读上的取向与口味,无疑偏向了通俗。精英阅读尚且如此,其他人的阅读可想而知,这确实让人很不乐观。

四是批评的弱化。

当下的文学批评,无论是与批评的过去时期相比,还是与创作的现状相比,都明显地趋于弱化了。这既跟文学批评的自身更新求变不够,未能与时俱进有关,更和文学创作的发展日益泛化,新的文艺形态层出不穷有关。可以说,现在的情形大致是,相对滞后的批评,面对不断更新的创作;相对萎缩的批评,面对一个不断放大的文坛。

批评的问题,涉及理论的充实、方法的更新、视野的拓展、队伍的建设、力量的整合、新人的培育等诸多方面的问题。这些问题的切实解决,既要靠批评本身去努力奋斗,不断调整,也要靠整体的文学领域协调动作,通力协作,尤其是有关文学、文化领导部门的高度重视与认真对待。

就批评本身而言,如何在共识减少的情况下重建基本共识,在多元多样的状态下彰显核心价值,在文学的认知与批评的尺度上求同存异,形成合力,已是一个需要迫切解决的问题。现在的批评,如同现在的学术研讨,常常是言说者自说自话,与会者各说各的,看似一样的提法但各有各的说法,似乎同样的概念却有各自不同的内涵,这种情形就导致了共识越来越少,歧见越来越多,宽容越来越少,抵牾越来越多。

更为严峻的问题,可能还是对于以网络小说为龙头的新媒体文学,现有的文学批评,介入的力量既很显薄弱,又很不内在,基本上难以起到以有力的批评影响创作、生产和传播的实有功效。这既跟现在的批评队伍年龄结构偏大、知识构成偏老有关,又跟具有新的理论知识和文化视野的新型人才相对缺乏,理论与批评的后备力量都明显不足有关。而这样一些涉及全局和代际的问题,显然是批评自身所难以解决的,需要有关领导部门进行全面布局和总体部署。这个问题已经迫在眉睫,而它的解决,既关乎文学批评的重振雄风,也关乎整体文学的协调发展。

总之,文学的新演变带来了新形态,注入了新活力,也造成了新问题,构成了新挑战。而这样一种文学创作与文学批评的新现实,无论是从文学研究上看,还是从文学管理上看,都大大超出了人们已有的文学经验,需要我们在深入调研,充分了解和准确把握的基础之上,破解新的难题,探索新的方法,开展新的实践,总结新的经验。这是新的文艺现实提出的新的要求,也是时代赋予我们的新的任务。

回归戏剧本体

——来华演剧热潮带给我们的启示

胡　薇

近年来,随着国家经济实力的提升以及对文化产业的重视,中国戏剧市场整体呈现出一片繁荣景象:不仅原创作品大幅增加,舞台技术手段不断提升,戏剧的创排也日益多元化,令不同观演群体的专业院团、艺术中心、民营剧场的戏剧制作得以并存互补,满足分众需求。伴随着戏剧市场的繁荣,越来越多的国外院团也在中国的戏剧舞台上逐渐活跃起来,在各种戏剧节、艺术节或是戏剧展演中大显身手。比如,在中国国家话剧院"华彩欧罗巴"戏剧季上,凭借一出《敌人,一个爱情故事》赢得中国观众的赞赏,其后又持续在几届北京人艺邀请展中以自身团队的实力大放异彩的以色列盖谢尔剧院;因国家话剧院首次引进的《安魂曲》享誉京城之后而连续被邀来华巡演的以色列卡梅尔剧院;以《樱桃园》《白卫军》《活下去,并且要记住》三剧连发,在北京人艺首都剧场的舞台上展示了俄罗斯戏剧大国实力的莫斯科艺术剧院;还有希腊、英国、法国、德国、波兰、罗马尼亚、日本、韩国乃至立陶宛、格鲁吉亚等原本并不为国人熟知的各国戏剧团队，纷至沓来，汇聚起一股国外戏剧院团来华演剧的热潮。尤其是近五年来，更是颇具井喷之势。但热潮一旦形成，就难免泥沙俱下。近年一些艺术水准不高或是仅靠炒作概念、话题、点子来寻求卖点但舞台呈现较为粗糙的作品，往往因其班子小、制作费用和巡演成本低廉、方便邀请等因素，渐渐混迹其中。这对于当下还需着力呵护和培养的中国戏剧的观演生态来说，显然无益。实际上，只要有关方面稍加留意和甄选，来华演出剧目的艺术质量还是完全可控的。而从那些优秀的来华演出的剧目中，中国的戏剧从业者与观众充分体会到了他们对于戏剧本体的重视、对于艺术品质和精神内涵的追寻与坚守。这些优秀的创作团队，借由舞台语汇所呈现出的思想性、文学性、想象力和创造力，以及作品内在蕴含的爆发力、深刻底蕴以及张扬的戏剧精神，更是令人钦慕不已。

反观中国当下剧坛的现状，演出市场热闹、繁荣，中国戏剧的演出团体、演出类型以及演出剧目的内容和形式等，恐怕从未获得过如此之多的自由及资金的支持。但若回归艺术创作的本质，并以此番热潮中诸多优秀的国外戏剧人的演出呈现为参照，那么国内不管是专业院团还是民营院团、主流还是边缘化的戏剧创作，在艺术本质上的多元显然尚未得到真正的实现。一个最明显的表现就是，在日益浮躁的社会氛围之中，一些戏剧从业者缺少对艺术的敬畏、缺少职业的操守，作品常常仓促而成，把需要打磨的半成品推上舞台；许多原创作品的思想性和艺术呈现都不尽如人意；各种演出团体可谓是鱼龙混杂，一些专业剧团致力于献礼剧、应景剧、追奖剧，多种形式的民营剧场和演出组织，质量参差不齐，甚至将一些不遵循戏剧规律或是艺术品质较差的剧目打出反传统、反戏剧或是所谓"先锋"之类的旗号来堵住悠悠众口……可见,穿透中国演出市场表面的兴盛、票房数字的上升、炒作的概念、商业能量的爆发,透支的却是观演双方对于艺术本质精神的期待和敬畏,破坏着国内观众那还没有定力的脆弱"味蕾",却越来越无力掩盖缺少艺术性和思想性高的、能够流传下来的精品的严峻现实。

正如马丁·艾思林所说,剧院是一个民族当众进行思考的地方,"是一个民族当着它面前的群众思考问题的地方……戏剧这面镜子所反映的实际是社会。戏院和一切戏剧都可以视为社会用以照它自己的一面镜子"。① 戏剧,往往也最能忠实地反映出一个国家的整体文化和精神面貌。当物质发展与精神需求无法同步,"票房为王"被当成衡量成败的唯一标尺,对于精神的探寻、人性的拷问不断失守于纯粹的商业诉求,艺术创作难免就会舍本逐末、急功近利,创作的媚俗倾向也必然日趋严重。戏剧的现状折射着社会现实,当下中国艺术作品所应蕴含的文化力量严重缺失,有内涵的戏剧作品稀缺,无疑呈现了中国艺术界近年来过度追求娱乐化和商业化的恶果。而恰逢其时的国外剧目的引进潮,不仅为中国观众提供了更多的观赏选择,而且充分展示着国家的软实力,令中国戏剧的从业者和观赏者从主创团队的演出中所反映出的艺术水准、精神高度、思想深度等体悟到一个国家的文化立体剖面,并直观地感受到当下中国剧坛与世界戏剧的差距所在。

一度创作的孱弱、戏剧精神的衰微、舞台表现手段的趋同以及诸多自以为是的"创新"等,共同宣告着当下中国戏剧的危机。从国外

---

① 马丁·艾思林:《戏剧剖析》,罗婉华译,北京:中国戏剧出版社,1981 年,第 97—99 页。

院团来华演出的热潮中,深刻反省中国戏剧亟待解决的主要问题,对国外戏剧的长处加以借鉴、进而化为自身机体的营养加以吸收,最终将之转化为本土戏剧成长的重要动力,来推动中国戏剧的自我发展与成长,才是改变中国当下戏剧现状的当务之急。而他山之石可以为错、可以攻玉,却无法也不能成为拯救中国戏剧颓势的根本良方,只能是作为镜鉴、作为辅助,只有戏剧从业者积极地自觉加强自我修炼,方能破局。

尤其是,作为剧作内涵与表达的承载媒介、观众欣赏核心的表演艺术的水平,经常决定着一台演出的成败。"任何戏剧演出的最重要的因素就是演员,他将文字体现为有血有肉的形象。"[1]演员作为作品的实体表现和载体,以形近神、由外而内地深入和提升他们个人的表演能力,无疑是令戏剧焕发生命力的一个关键所在。因此,国内的戏剧院团以及从事戏剧演出、戏剧教育等相关业务的机构,都亟须加强戏剧表演专业的训练。戏剧演员作为台上的君王,只有具备扎实的舞台基本功,才能在演出中驾驭好角色,把内心的体验真诚地传递给观众,在以身体为媒介精准地完成和传达出编导的创作意图的同时闪耀出自身的艺术个性之光,非有扎实的表演功底难以支撑。而戏剧演员的表演节奏感、对于角色精准的体现等,更是实现总体创作意图、体现创作主旨最基本的前提和保证。

因此,不论是专业院团还是民营组织,是商演还是非职业演出,对于戏剧的审美标准都应该是统一的,对于戏剧的专业素质和专业精神的认识也应该是一致的,只是不同的团队、不同的个人所达到的阶段和层次有所不同而已。然而,相较于国外戏剧人在演出中所体

① 马丁·艾思林:《戏剧剖析》,第 28 页。

现出的真挚情感和专业化的表演,国内戏剧演出的门槛却随着演出市场多层次需求的扩张而一再降低。甚至一些戏剧表演者或者缺乏必要的专业训练,形体僵化、缺少美感、口齿不清、不分大剧场还是小剧场一概带着小麦克,表演缺少舞台感、感染力和控制力,或是基本功薄弱、表现力匮乏,或是由于在排演中的颟顸懈怠、因循疲顽等,令戏剧表演的专业程度出现低质化倾向。即使如国内某些高出其他表演团体水准许多的专业知名院团,倚仗深厚的传统优势暂时苦撑大局,也难抑表演艺术整体水平不断下滑的颓势。加之近年来一哄而上的电视真人秀栏目,网罗了大批原本尚堪造就的青年演员,让他们整日制造噱头、游戏,荒废了自身在技艺上的进取。以快餐式的"垃圾食品"去迎合观众低层次的文化渴求,如此恶性循环,更加剧了这种颓势。如此下去,一些戏剧演出甚至连基本的演出质量和专业水准都难以为继,又何谈创作出精品?

对比来华演剧热潮中那些既专业又敬业的演出,差距已然明显。如英国导演迪克兰·唐纳伦带领一众俄罗斯演员,2012年3月在北京首都剧场所演绎的《暴风雨》,无疑可以作为一台具有表演艺术示范性的演出。俄罗斯演员的现实主义表演功力与导演所设计的写意环境完美结合,舞台的假定性得到了充分发挥。几位俄罗斯青年演员仅仅是开场时倒挂在呈梯形排列的三面白墙上的小门后,在门的几次开关之间,就用动作展示出人物的溺水、挣扎,迅速地把观众的注意力聚焦到了那艘在暴风雨中即将沉没的船上;被王子不断搬运的木头,由扮演精灵的演员兼任,经由严格艰苦的形体训练基础所塑造出的肢体表现力,在不断滚动的僵直木头和精灵本体的灵动飘逸间无缝切换,也更好地表现出一切尽在精灵暗中监督之下的控制感。景在人身、境由人转的自由,对于中国当下大舞美大制作盛行、充斥着奢靡之风的戏剧舞台，更是颇具借鉴的意义。毕竟，任何偏离了演出内容的舞台布景，就会沦为"舞美的表演"；任何以凸显表导演个人魅力为目的的表现手段，即使能赢得现场的关注，却终究难掩其本质所爱不过是"艺术中的自己"。而《暴风雨》的演员们，却完全是凭借自身扎实的台词功底、富于戏剧性的肢体动作，外化和勾勒出角色的性格和心理状态，突出人物自身的特质，展现出表演的激情与力度。也正是通过这些俄罗斯演员们充满爆发力、表现力而又极具控制力的表演，剧作中内在的对抗和张力被放大，深藏于经典文本字里行间的能量更是被激发了出来，表演本身的巨大魅力被充分释放，直接感染和打动着观众。

其次，国内的主创团队若想修炼好内功，亟须在创作上多下功夫。这就不仅要增强原创的能力，还需对作品的内涵要有所要求，思想性、艺术性都需要不断加以提升，而非仅仅满足于追奖或是应景之作。主创团队不仅需要使作品富于个性，而且还要让舞台自身以简约的外在蕴藏变化的无限可能，突出剧作的文化内涵，让舞台技术有效地服务于作品内容本身，而非是过度追求视觉的奇观。戏剧创作必须回归艺术本身，在创作者心灵光芒的笼罩下，依靠剧作自身内在的艺术力量来打动观众。创作者需要明确：戏剧创作，其实是通过对戏剧作品风格各异的舞台呈现，切开一个个剖面，将时代思潮的变幻和早已超越了舞台的沧桑，展现在广大观众面前。

对于从事戏剧创作的人来说，如果只是枯坐书斋而缺少生活的锤炼和积累，是无法写出鲜活的、有生命力的作品的。那些凭空捏造出来的作品，最终也必然会沦为鲁迅先生所讽刺的那样："所感觉的范围却颇为狭窄，不免咀嚼着身边的小小的悲欢，而且就看这小悲欢为全世界。"①如果准备不足就仓促上阵，产生的也只能是跟风的浅薄之作。只有对艺术创作怀着敬畏之心，并敢于跨出自己的小天地，到大千世界中历练，到生活中寻觅、积累、开掘和升华，不急功近利、不断充实自己的生活库存，才可能创作出坚实的戏剧作品。

然而，在当下中国的舞台上，对于戏剧内涵及本质精神的追求，却让位于一些肤浅的"立竿见影"的形式和手段。随着肯下笨功夫的人越来越少，虽然各种形式的戏剧演出越来越多，但能引人思索或是真正能够流传下来的作品却寥若晨星。而在国外院团来华演出的许多剧目中，却有相当多的剧目都是该团队已经演出了数年的优秀保留剧目，在经受了岁月的磨洗后却愈加焕发出光彩。如以色列盖谢尔剧院在首都剧场 2015 年 8 月演出的《乡村》，就是这样一部优秀的保留剧目。该剧不仅夺得了 1996 年以色列年度戏剧奖的最佳戏剧、最佳导演和最佳男主角大奖，而且自首演以来已在世界各地巡演八百多场。虽然创作风格、表现方式不同，但《乡村》与列文笔下那些饱含宗教、哲学与文化思辨的优秀剧作殊途同归地对犹太民族灵魂深处的苦痛进行了表现与揭示。全剧以主要人物的情感为轴心辐射他人，抓住戏剧性场面和人物微妙的内心世界，着力于形象的塑造和情感的挖掘，以舞台上充盈着的情感和诗意，令作品散发出强大的感召力，吸引着不同文化背景的观众去感受、去理解。

显然，优秀作品数量的提升，对于戏剧生态的良性影响是毋庸置疑的。因此，中国戏剧界也应不断提升有水准、有品质的戏剧演出的市场占有量，促成国内院团和各种演出组织不断增加自身优秀保留

---

① 鲁迅：《中国新文学大系·小说二集序》，《鲁迅全集》（第六卷），北京：人民文学出版社，2005 年，第 250 页。

剧目的数量及其复排率,以促进戏剧创作的良性发展。在这些优秀剧目和经典作品上,凝结着的是前辈艺术家的心血,是他们在自己艺术生涯巅峰时期的得意之作,如果能够通过复排,在恢复原有框架的基础上再重新打磨和精修,在推陈出新中让一些优秀剧目重新获得生命力;或是在复排的过程中,在前辈不断的指正中,以优秀作品磨炼、培育新一代的演员,达到锻炼队伍、传帮带的效果,那么复排的意义和价值将远远超越复排演出本身。然而,由于多种原因,国内院团的许多优秀剧目在得奖或是演出成功之后,往往淡出观众的视野被束之高阁,浪费了打造时所投入的大量人力、物力。

此外,中国戏剧影视界近年对经典、名作、热播剧、网络人气小说等具有原作影响力的作品改编趋之若鹜,并把多种形式的改编(从名作的改写到对经典改动或是解构的搬演、对网络小说及热播剧的改编或是翻拍、戏曲移植、对相同题材的多种艺术体裁的转换等)视为救市的不同秘方。相比之下,许多国外戏剧人不论是进行忠于原作的搬演还是样貌大变的改编,都依然秉持着不只要表达出原作的特点,还要能或深化原著主旨或写出改编者自己独到理解的宗旨来进行的。比如英国皇家莎士比亚剧团与苏格兰国家剧院联合制作、苏格兰作家大卫·格里格在莎士比亚名作《麦克白》基础上全新改编的《麦克白后传》,于 2014 年 4 月在北京国家大剧院演出。作者另起炉灶进行续写,突出了莎翁原作中麦克白的苏格兰背景,以对当代国际政治问题的影射以及文化、观念的冲突替代了莎剧对于人性的剖析。为此,剧作将原作中本已死去的麦克白夫人赋予了其苏格兰法定继承者的身份,由她在麦克白死后领导着民众抗击英格兰军队,让英格兰将军斯沃德领兵帮助苏格兰王子的行为转化成了插手他国王位争夺的不义之战,力图突出的是对失控秩序的修复以及维和的艰难。

而从很多国外戏剧人在华演出的剧目中不难发现,在他们手中,改编作品并非是为贪图捷径,而是主创们耗费大量精力的一次再创作,或是去除了原作表面的情节性进而体现出作者对于生活的本质认识,或是深入开掘原作的思想并熔铸自身独到的见解,或是以现代的舞台语汇重塑经典……显然,不论原创还是改编,都需要有强大的原创力作为支撑,且只有当主创们全身心地投入创作,才能保证作品品质的精良,将剧作的创作意图和思想内涵以有血有肉的舞台形象展现在观众面前。以这种创作态度创作出来的作品,就像以色列卡梅尔剧院源自契诃夫小说的《安魂曲》,已经受邀来华演出三次,却依然一票难求;就像以色列盖谢尔剧院几年来登录中国舞台的不同剧目,虽风格迥异却均受好评。成功的保障,就是剧团几十年如一日坚持戏剧的品质,以敬畏之心搬演名著、改编经典、原创出新,对舞台创作精益求精的执着,才造就了团队,成就了大量久演不衰的优秀保留剧目。

除了演出团体自身的努力,国家的相关部门也应加强对于中国戏剧生态良性发展的引导,以与国内戏剧工作者的苦练内功相配合。戏剧艺术承载着人类的理智与情感,在成长过程中艺术启蒙、审美情趣等方面的教育、引导和熏陶,对人的审美陶冶以及树立正确的人生观、价值观等极具引导作用。因此,许多国家都重视观剧传统的涵养和保持,经常进入剧院欣赏高水平的戏剧演出已经成为民众的一种生活方式。在观演群体的培育与壮大、对民族文化和艺术深入骨髓的重视氛围中,戏剧人对待创作的态度也会更为投入、严谨和认真。因此,为了中国戏剧生态的可持续健康发展,中国戏剧有必要从"娃娃"抓起,加强传统文化的渗透,让青少年观剧的同时,潜移默化地、愉悦地接受本民族传统文化的启蒙和洗礼,让中华民族传统文化的种子,在娱乐中深植到孩子们的心灵中,培养起对本民族传统文化的情感和自豪感。为此,相关的艺术院团尤其需要做好前期的分众预测工作,针对受众有的放矢地打造兼具思想性与艺术性的优秀剧目。

此外,国家相关部门还应加强对于创作过程中、演出之前重要节点的阶段性把关,核准作品的价值观、艺术审美等相关标准的完成度,完善从事戏剧演出、戏剧教育等相关业务机构的资格审查及准入机制,把工作做到前面,避免被动地亡羊补牢。如当下国内已经面市的一些艺术作品,在因其存在的诸多问题而被有关部门叫停时,往往反而会形成一种逆向宣传,增加了知名度和关注度;而引进的国外演出,也因数量的激增,开始出现了一些质量不高,或是仅靠创意支撑,或是忙于宣泄作者的理念,或是过度追求风格化忽视必要的舞台语汇和表达的作品。如在 2013 年北京国际青年戏剧节上,分别改编自莫扎特的《安魂曲》和美国作家巴勒斯的小说诗歌《死掉不是坏事,听起来很好》(意大利亿万代码剧团)、《中间地带的巴勒斯》(奥地利中间地带爵士乐团)等,都凸显了这样的问题。而各种戏剧演出的组织者以及国家相关单位,如果能对于举办的戏剧展演活动事先都明确主题、选好侧重点,并加强甄选、沟通以及全局性的统筹工作等,对于当下观演的引导还是大有裨益的。

总之,审视近年国外来华演出的热潮,在发现差距和反思自身问题的同时,更为迫切的是,如何才能举一反三,借鉴学习他们的经验。中国戏剧人应该正视差距,重新认识自身的传统、特点和优势,扎根于本民族的文化背景,更好地借鉴中国传统戏剧的艺术经验,让戏剧创作回归到艺术本身,致力于提高主创自身的艺术素养、文化底蕴和技艺水平,逐步提高剧目本身的品质。斫梓染丝、功在初化,只有多方协作,通过多年严格的训练、坚持不懈的重复与苦练,夯实基本功,培养出演员的舞台创造能力、内敛的爆发力;只有创作者反诸自身,苦练内功,增强原创的能力,提升作品的内涵、思想和艺术性;只有增加国内院团优秀保留剧目的数量和演出频率,注重戏剧生态的健康发展;只有完善从事戏剧演出、戏剧教育等相关业务机构的资格审查及准入机制,加强对登上中国舞台的国内外艺术作品的质量把关,才有可能在创新的同时继承传统,将现代戏剧与本民族的特质相结合,从而逐步建立起中国剧场独特的艺术创作体系。

主题性创作如何走出模板化

于 洋

岁尾年初之交，一部由二十世纪六七十年代家喻户晓的革命样板戏改编创作的电影《智取威虎山》在国内热映，武侠片导演徐克出人意料地烹制出一道色香味俱全的"主题性电影"大餐，将半个世纪前的样板戏拍成了一部场景炫目、明星出演、情节跌宕的剿匪动作大片，获得了票房与口碑的双丰收。加之与该片前后上映的张艺谋的《归来》重新关注"文革""伤痕"主题，吴宇森的《太平轮》以史诗大片视角从家族命运展现国共内战，许鞍华的《黄金时代》刻画革命思潮下的民国文学家群体，从当代人的视角与价值观，以个体人物的小故事表现大主题、大时代，成为近来中国影坛一道新的风景线。那么，是什么使这些"新瓶装旧酒"的作品焕发出异样的光彩？"旧"主题、老故事与新形式、新观念的集合，又如何得到既叫好又叫座的收成？

显而易见，这些电影新作从表现形式到价值视角，既有别于二三十年前的《城南旧事》《牧马人》《高山下的花环》《鸦片战争》《我的

1919》等同类题材的电影,更全然不同于它们的"母本",那些四五十年前的老经典,或是七八十年前的旧人旧事。然而与那些曾被我们称之为"主旋律"电影的作品相比,这些新片子虽然叙事手法出新,或画面特效甚至 3D 视觉效果更引人入胜,却同样关注的是个人遭际与时代洪流、个体生活与家国命运的关系,通过新的演绎诠释,它们只是用了新的技巧手法,使今日的观众感同身受,获得新的共鸣。如果权且将此类题材的电影称为"新主题性电影",如果将目光转回美术界,我们也有足够理由期待当代主题性美术创作的新视角、新风格、新取向的出现。

当然,媒介门类与接受方式的不同,决定了电影与美术两种艺术形式的表现语言和创作规律的差异。事实上,作为最富综合性与实验性特质的"第七艺术",电影在发明之初是深受绘画影响的,民国时期就有赵丹、许幸之、沈西苓、吴永刚等大批由画坛介入影坛者,取得了很高的艺术成就。面对表现革命历史、时代民生的主题性内容题材,作为"时间艺术"的电影可以凭借其声光电的立体视听手段,用娱乐化、视觉奇观等方式"解冻"原本陷入固定模式的主题性影视创作;那么美术创作呢,如何通过多种手段有效呈现令人感动而信服的主题内容,重新拉回观众的目光,成为当下主题性美术创作的重要课题。

不知从什么时候起,原本占据二十世纪美术名作大半壁江山的主题性美术创作,在当代观念与市场效益的影响下陷入了少人问津的境地。很多人认为主题性创作"已经过时""费力不讨好",不再能唤起观者的兴趣和感动,在他们眼中,此类题材的创作只能教条式地表现"假、大、空、冷"的视觉样式,而无法与现实和人的个体情感发生关系。仔细想想,当下的主题性美术创作果真只能囿于旧范,遁入冷宫,没办法蹚出新路了吗?中西美术史上那些表现历史事件、社会现实、时代英雄的主题性创作主导艺坛的日子真的一去不返了吗?我们今天对于"主题性美术创作"又是怎么看的,有哪些新的认知?或者套用一句时髦的句式:当我们谈主题性美术创作,我们谈些什么?

2015 年 2 月,"蒙卡奇和他的时代"画展在北京画院美术馆展出,展览期间主办了"西方现实主义与中国主题性创作"学术研讨会,笔者受主办方之托有幸主持了此次研讨。蒙卡奇这位十九世纪匈牙利最具代表性的现实主义画家,曾经深刻影响了六七十年代中国油画的题材与风格,与会画家潘世勋先生回忆自己在年轻时为了看蒙卡奇的作品,在欧洲考察期间专程坐火车去匈牙利,因当时条件所限甚至不惜露宿布达佩斯火车站。会间中央美院教授、油画家钟涵先生则提出了一个耐人寻味的话题:蒙卡奇究竟应该被定位为一个"现实主义画家"还是"沙龙画家"?进而,他提出了两个"蒙卡奇"的概念,揭示出一位从事主题性绘画创作的艺术家个体的丰富性、复杂性,甚至矛盾性。当我们一致将蒙卡奇奉为以现实主义关注社会民生的主题性绘画宗师的时候,蒙卡奇的两面性让我们看到了艺术家个人创造力的纠结,以及他对于艺术创作的自我期许与内在动力——从人的个体视角看社会、看国家、看历史,在一种相对自由的思想状态下,将这种真情实感糅合于宏阔的社会背景中去,而不是仅仅满足于宏大叙事的样式和带有规定性的情节,哪怕是面对国家订件的作品,或需满足赞助人意志的时候,也要在限定中最大限度地彰显真实的、能够引起观者共鸣的情感。

事实上,近些年来的中国美术界对于主题性创作已经投入了比以往更大的关注和支持,从"国家重大历史题材美术创作工程"到"中华文明历史题材美术创作工程",从对于作品创作草图的创意、构图与色彩,到对于中国本土艺术趣味的强调,国家扶持和引导已经取得了阶段性成果,涌现出了一批高水平的当代主题性绘画、雕塑佳作。但问题和困惑也与进展并存:与以往的主题性经典作品相较,我们今天还缺少点什么,哪些方面已经超越了前辈,哪些方面值得投入更大精力,如何评价新形式、风格甚至新媒介材料的主题性美术创作,等等。对于主题性艺术创作而言,比自上而下的指导更重要的,是通过某种机制和手段,最大程度地焕发出艺术家个体的能动性,赋予其相对自由的创作空间,只有这样,艺术家的创作热情和才智才有可能灌注到作品中去。回看三十年前,被大众熟悉的周思聪的《人民与总理》、罗中立的《父亲》等,哪件作品不是从强烈的个体感受出发,才成就了中国现代美术史上的经典?这些作品在创作之初无不是从现实生活、自我情感出发,从个体的真实经历和感触中寻找创作源泉,才塑造了令人印象深刻的人物形象,触碰了几代人的情感共鸣。

由此,我们又不得不反思三十年来观念的转变:从什么时候开始,我们的主题性创作开始陷入一种模板化的定式,从原来真挚鲜活、接地气的创作风格,蜕变得不会讲故事,不会抒发真情实感的?而事实上,以自然的、富有人性的、放松的方式讲述故事、抒发情感、表述意趣,对于艺术家来说首先是权利,反过来也是职责。专业圈里"叫好"、观众群里"叫座"的标准也许不光适用于电影界,自我表现与社会共鸣是衡量一件作品的两把标尺。艺术家作为一个时代最为敏锐的观察者和形象塑造者,应该有勇气和能力挑起这副担子,而不是自甘躲避或自诩前卫,或在私密"自由"的小天地里,细数"小时代"的无聊和忧伤。

正如歌德的名句所示:"巨匠在限制中才能表现自己,只有法则能给我们自由。"这句两百年前的箴言放在今天更具现实意义。无论是电影还是美术,与其将主题性艺术创作看作是"戴着镣铐舞蹈",不如说正是母题的限定和价值范式的作用帮助作者审视、矫正创作主体的绝对自由所可能带来的虚无和偏激,从而以艺术家个体的思想血液接通时代的脉动,以使一件艺术创作超越它本身,而获得意义的升华。

民族国家与文化遗产的共构

——1949—1966 年中国少数民族神话研究

毛巧晖

关于少数民族神话传说的搜集整理,在十九、二十世纪之交已经开始。1896 年,英国传教士克拉克在黔东南黄平苗人潘秀山的协助下记录了苗族的民间故事《洪水滔天》《兄妹结婚》《开天辟地》等,他以及当时的西方学人如斯坦因、阿列克谢耶夫等均运用西方人类学理论与方法探索中国文化,希望可以丰富世界文化。

一

二十世纪初,蒋观云、夏曾佑等有专文论述神话。鲁迅认为:"夫神话之作,本于古民,睹天物之奇觚,则逞神思而施以人化,想出古异,淑诡可观,虽信之失当,而嘲之则大惑也。"①这些昭示了现代学术意义上的神话学之诞生。之后,国内学人开始大量介绍和引入西方神话学理论,同时"古史辨"派就古史与神话进行了大讨论,帝系神话研究、神话的文学研究等纷纷兴起,掀起了第一次神话研究的高潮。它与1910年代兴起的歌谣运动一样,都处于清末民初兴起的民族主义思潮的大语境之中。

十九世纪末二十世纪初,西方各门学科通过翻译涌入中国,进化论、无政府主义、实证主义、经验自然主义等被引进。思想文化界的内外交合的变革,其目的都与民族主义紧密联系,都是为了救亡图存,实际就是要改造民族性和国民性,逐步建立现代意义上的民族国家。而民族国家的观念,本身便是对更狭窄的地方、团体情感的超越。埃里克·霍布斯鲍姆指出:"民族是和人类社群由小到大的演化历史相叠合,从家庭到部落到地区到民族,以至未来的大一统世界。如同迪金森(G. Lowes Dickinson)所言,'在艺术与科学的照耀下,民族之间的种族差异和壁垒,必然会日渐消融瓦解'。"②迪金森所言正是"五四"新文学所信奉的精神理想,也可以说是神话学、歌谣学等民间文艺学兴起的思想语境与历史起点。

从神话学兴起之时,少数民族神话就被注意到,只是当时焦点在各民族认同。顾颉刚在《古史辨·自序》中,曾竭力主张要打破华夏民族自古一元和华夏地理铁板一块的传统偏见。③ 至二十世纪四十

---

① 鲁迅:《破恶声论》,《鲁迅全集》(第八卷),北京:人民文学出版社,1981年,第22—23页。

② 埃里克·霍布斯鲍姆:《民族与民族主义》,李金梅译,上海:上海人民出版社,2000年,第40—41页。

③ 刘宗迪等:《多维视野中的中国现代神话研究》,《民间文化论坛》2005年第2期。

年代,由于抗日战争爆发,大学纷纷向抗日大后方——大西南迁移,这使得学者们开始进入少数民族聚居或杂居的地区,南方诸少数民族的活态神话吸引了大批学者,他们纷纷运用西方人类学、民族学的方法对这些活态神话进行考察与研究,涌现了闻一多、郑德坤、卫聚贤、常任侠、陈梦家、吴泽霖、马长寿、郑师许、徐旭生、朱芳圃、孙作云、程憬、丁山等知名学者。

　　这一时期神话学研究与民族学、人类学相关调查交叉渗透,并行发展。例如凌纯声撰写了《松花江下游的赫哲族》。"在《伏羲考》一文中,闻一多先生引用二十五条洪水神话传说资料,其中二十条是苗、瑶、彝等民族民间文学作品。文后附表列出了苗、瑶、侗、彝、傈僳、高山、壮(侬)等众多民族四十九个作品。"①凌纯声、芮逸夫在湘西调查所得二十三篇神话、十二则传说、十五个寓言、十一个趣事(故事)、四十四首歌谣等少数民族民间文学作品。② 此外,李方桂《龙州土语》用国际音标记录了一共十六段壮族民间故事及民歌,逐字注汉字,又译为汉文和英文,开创了用壮族民间文学研究语言之先河。1935 年,李方桂在广西收集了天保(今德保一带)壮族民歌,并进行分析,发表了论文《天保土歌——附音系》。总而言之,1910 年代至1940 年代,学者开始对西南、东北的少数民族的神话、传说、故事、方言等进行搜集与研究,只是当时学界尚未明确或冠以"少数民族"的概念。但是这些研究,尤其是少数民族地区神话的研究,为当时的学人提供了一个新的研究领域,大大丰富了他们的研究材料,在对各民族神话研究的基础上,进一步论证了中国各民族文化的一体性和连

　　① 　马学良:《记闻一多先生湘西采风二三事》,《马学良文集》(下卷),北京:中央民族大学出版社,2009 年。

　　② 　凌纯声、芮逸夫:《湘西苗族调查报告》,上海:商务印书馆,1947 年。

续性。新中国成立后,这一思想内化到民族识别工作中,大量的神话资料独立成册或者被重新搜集、编撰,成为各族文学、历史资料的来源。

　　除了在东北、西南地区搜集和研究少数民族神话外,从三十年代末开始,民间文艺在解放区逐步与革命文艺相结合,开启了神话学研究的另一个学派或者理论方向。1939 年初开始,延安文艺界开始了长达一年多关于文艺民族化、大众化的讨论,直接影响到国统区的革命文艺工作者。不管是延安还是国统区,对于文艺大众化争鸣的中心都是如何正确对待民间文艺、如何将革命文艺与民间文艺相结合。此后,民间文艺作为艺术作品的革命功能,受到空前夫有的重视。1942 年 5 月 23 日,毛泽东发表《在延安文艺座谈会上的讲话》,基本形成了中国共产党在文学领域的话语体系[①],在中国思想史和文艺史上具有里程碑式的意义。从那个时期开始,民间文艺学研究开始成为一个独立的系统。

　　新中国成立后,延安时期关于民间文艺学的研究思想进一步推广和深化,民间文学和民族文学被纳入构建“革命中国”[②]的进程,成为新的“想象的共同体”文学建构的重要部分。神话作为民间文学的重要部分,自然备受关注。

---

　　① 毛巧晖:《现代民族国家话语与民间文学的理论自觉(1949—1966)》,《江汉论坛》2014 年第 9 期。
　　② 蔡翔:《革命/叙述:中国社会主义文学—文化想象(1949—1966)》,北京:北京大学出版社,2010 年。

二

中华人民共和国成立前夕召开的中华全国文学艺术工作者代表大会,即第一次"文代会",以其全局性的整合、规范与指引功能,成为"十七年"(1949—1966)文学体制建构的行动纲领,对于民间文艺学也不例外。第一次"文代会"确立了延安文学的主导地位,民间文艺学积极参与新的文学格局的酝酿与建设。

在第一次"文代会"上,钟敬文作为民间文艺学代表,呼吁重视民间文艺,并做了《请多多地注意民间文艺》的报告。在这篇讲话中,钟敬文一改从前学术研究的思路,特别提出了关于民间文艺的思想性和社会历史价值的问题。①

1950 年 3 月 29 日,中国民间文艺研究会成立,首次从官方确定了民间文学在中国文学中的位置。《光明日报》从 1950 年 3 月 1 日开办了《民间文艺》专栏,到同年 9 月 20 日停止,共二十七期。② 其中涉及神话的文章以李岳南《论〈白蛇传〉神话及其反抗性》③等影响较大。

1950 年至 1951 年不定期出了《民间文艺集刊》三册。其主要内容除了神话外,还涉及民间歌谣、传说、故事、谚语选录。研究撰文者

① 钟敬文:《请多多地注意民间文艺》,《文艺报》,1949 年 7 月 28 日。
② 毛巧晖:《20 世纪下半叶中国民间文艺学思想史论》,上海:上海文化出版社,2010 年,第 22—23 页。
③ 李岳南:《民间戏曲歌谣散论》,上海:上海出版公司,1954 年。

都是文艺界主流话语的代言人,如郭沫若、周扬、老舍、钟敬文、游国恩、俞平伯等。其中,钟敬文的《口头文学:一宗重大的民族文化遗产》《民间歌谣中的反美帝意识》,何其芳的《关于梁山伯祝英台故事》,周扬的《继承民族文学艺术优良传统》等对民间文学的内涵与价值进行重新定位,重点剖析其有利于新的民族国家形象构建的思想内涵与民族文化价值。这些研究奠定了新中国成立后民间文学的研究基础,当然也包含神话研究。

　　1949 年至 1966 年间,国内发表有关少数民族神话论文与书籍一百三十余篇(部)①,内容大致可以分为四类:一是少数民族文学史或民族史志的编撰。主要配合 1956 年启动的少数民族识别工作,如《云南各族古代史略》《苗族的文学》《藏语文学史简编》等,在这些著作中涉及各民族口头流传或者文献记载的神话如开天辟地、造人等,成为少数民族文学史编撰与古代史撰写的重要资料来源。同时,有一部分学人对口头流传神话进行整理,撰写成文学作品,所以它也成为新的民族国家文学实验的重要场域。② 二是少数民族民间文学的搜集,其中关涉较多的是创世与英雄神话,在当时社会产生了深刻影响。如《关于〈布伯〉的整理》《评壮族民间叙事诗〈布伯〉及其整理》《丰富多彩的少数民族民间文学》,等等,核心内容也是叙述世界的创造者们(天神、巨人和半人半神式的英雄)开天辟地,创造人类及自然万物的英雄业绩,把这些开辟之神作为文化英雄和本民族的始祖加以歌颂。其中大量的神话故事经过了整理,突出了神话的思想性。

---

　　①　根据贺学君、蔡大成、樱井龙彦编《中日学者中国神话研究论著目录总汇》所收目录统计,北京:中国社会科学出版社,2012 年。

　　②　刘大先:《革命中国和声与少数民族"人民"话语》,《中外文化与文论》2013 年第 2 期。

三是民族学视野的研究,如《畲民图腾文化的研究》《盘瓠传说与瑶畲的图腾制度》等,这一类研究主要集中于台湾地区,重点运用民族学的理念审视民族起源神话。四是神话本体的研究,这部分主要有论文二十二篇[①](含台湾地区),其中涉及西南少数民族洪水神话、人祖神话、战争神话、动物神话等母题与类型,以文学研究为旨归,即重视其作为文学作品的思想性与社会价值,适应新的民族国家建设语境与社会主义多民族文学共构的要求。为了更好地呈现当时少数民族神话[②]的研究,在此以《民间文学》杂志为例,呈现当时神话研究在具体学术语境中的位置以及研究指归。

1955 年 4 月《民间文学》创刊,创刊号刊载出《一幅僮锦》[③](广西僮族民间故事),后又改编为剧本,获得了全国电影优秀剧本奖,据该剧本拍摄的影片获 1965 年卡罗维·发利第十二届国际电影节荣誉奖,影响颇大。在同一时期,《民间文学》发表了白族和纳西族神话、传说、民间故事等作品。《民间文学》从创刊开始每期都有少数民族民间文学作品,具体的数量与比例参见表一。

表一　1955—1966 年《民间文学》少数民族叙事作品与所占比率表

《民间文学》期刊号	总篇数	少数民族叙事作品所占篇数	少数民族叙事作品所占比率
1955 年 4—12 月号	143	45	31%
1956 年 1—12 月号	230	85	37%

---

① 该数字主要依据贺学君、蔡大成、樱井龙彦编《中日学者中国神话研究论著目录总汇》所收目录统计。

② 由于当时并未特别强调民间文学中神话、传说、民间故事的体裁区别,而且对于大量的民间文学作品而言,也很难说它是神话还是传说、民间故事,因此,本文对神话的论述将其纳入广义的民间叙事作品范畴。

③ 萧甘牛:《一幅僮锦》,《民间文学》1955 年第 1 期。

（续表）

《民间文学》期刊号	总篇数	少数民族叙事作品所占篇数	少数民族叙事作品所占比率
1957 年 1—12 月号	278	111	40%
1958 年 1—12 月号	209	41	20%
1959 年 1—12 月号	290	63	22%
1960 年 1—12 月号	269	41	15%
1961 年 1—12 月号	283	109	40%
1962 年 1—6 月号	164	48	29%
1963 年 1—6 月号	127	31	24%
1964 年 1—6 月号	210	53	25%
1965 年 1—6 月号	210	69	33%
1966 年 1—3 月号	89	18	20%

其他诸如《阿凡提故事》《巴拉根仓故事》《苗族古歌》《梅葛》《娥并与桑洛》等都是在这一时期被搜集,并发表在《民间文学》上。当时发表文章的作者有蒙古族、藏族、维吾尔族、彝族、瑶族、壮族、羌族、白族、纳西族、傣族、赫哲族等。可以说,这一时期《民间文学》发表了大量反映民族压迫与阶级压迫,歌颂中国共产党的少数民族作品等。另外,也较为关注少数民族神话等民间叙事作品与各民族风俗习惯的关系,发表了《试论苗族的洪水神话》①,阐述了神话与民族历史、民众生活及生存情境的关系等。另外,发表了《云南各少数民族的民间文学》②一文,文章主要论述了云南各少数民族的神话传说等,认为少数

---

① 吕薇芬:《试论苗族的洪水神话》,《民间文学》1966 年第 1 期。
② 李乔:《云南各少数民族的民间文学》,《民间文学》1955 年第 6 期。

民族文艺由于其特殊性,特别是没有文字的民族,其文艺主要就是口头流传的神话、传说、民间故事等,因此,搜集口头文学的主要目的是为了构建和发展民族文艺,在此基础上逐步确立和丰富中国多民族文艺的宝库。这一时期少数民族神话(口头文学)的研究,主要就是为了在文学上呈现"革命中国"这一"想象的共同体",通过文学的路径使得新的民族国家的理念影响各个民族所组成的全体人民。

此外,中华人民共和国成立后民间文学资料的搜集也推动了当时少数民族神话的研究。1950 年开始采集全国一切新的和旧的民间文学作品,发表了《口头文学:一宗重大的民族文化遗产》(《民间文学集刊》1950 年第 1 期)等,对民间文学的内涵与价值进行重新定位,重点剖析神话、传说、民间故事等民间文学作品作为民族文化遗产与优良传统的重要价值与意义。为了庆祝西藏的和平解放,《民间文学集刊》(1951 年第 3 期)推出"藏族民间文艺特辑",发表了《继承民族文学艺术优良传统》一文,这是在学术期刊中第一次较为集中地呈现少数民族民间文学作品以及理论研究。1956 年,全国人民代表大会民族事务委员会制定了《关于少数民族地区调查研究各民族社会历史情况的初步规划》,同年 8 月,相继成立了内蒙古、新疆、西藏、四川、云南、贵州、广东、广西等八个少数民族调查小组,调查工作开始走上正轨。

中国民间文艺研究会积极参与少数民族调查。1956 年 8 月,由毛星带队,孙剑冰、青林、李星华、陶阳和刘超参加,到云南少数民族地区进行调查,他们调查的宗旨是"摸索总结调查采录口头文学的经验,方法是要到从来没有人去调查采录过的地方去,既不与人重复,又可调查采录些独特的作品和摸索些新经验"。[1] 1958 年掀起全国性的采风运

---

① 王平凡、白鸿:《毛星纪念文集》,北京:学苑出版社,2004 年,第 92 页。

动,少数民族地区的神话等民间叙事作品的搜集也迅速展开。在中国民间文艺研究会的组织下,搜集和整理了彝族的《勒俄特依》《玛木特依》《妈妈的女儿》等,苗族的《美丽的仰阿莎》,壮族的《刘三姐》《百鸟衣》等。在当时的语境中,神话融入广义的民间故事研究中,其研究的基本问题与民间文艺学相同,即民间文学作品的思想性与社会历史价值。当时民间文学研究的集大成者为《中国民间故事选》①,日本学人认为这两集故事选"采集整理的方法和技术虽然还有不足之处,但是中国各民族的民间故事如此大量而广泛地加以采录,这在中国历史上还是第一次。尽管这一工作进行得还有些杂乱,但是这标志着把各民族所创造的神话、传说、民间故事这一个有机的民间口传文学世界,作为一个活生生的整体,而不是零敲碎打地加以把握的一个开端"②。从中可知,这一时期少数民族神话研究的重要成就,以及其作为民族文化遗产的重要意义和价值,在构建新的社会主义民族文学以及探寻和保存各民族文化遗产中的重要性。这一研究与中华人民共和国成立后的历史语境及少数民族政治文化政策紧密相关。

三

中华人民共和国成立后,中国共产党积极推进从二十世纪四十

---

①　共分两集,第一集收编三十个民族一百二十一篇作品,第二集收入三十一个民族一百二十五篇作品。

②　转引自中国民间文艺研究会研究部:《民间文学参考资料》(第八辑),1963 年,第6 页。

年代就已确立的民族自治政策,在政治与文学等因素的共同建构中,迅速发展了民间文学与少数民族文学。通过前面的论述,可见1949—1966 年少数民族的神话研究也是在此语境中发展与成长起来。在此有必要简单回顾与总结一下二十世纪初开始提倡的"民族"概念。据考证,"民族"(nation)一词最早由梁启超引入,而"少数民族"一词则较早出现于孙中山的相关著述。而民族自治政策的明确提出则是中共中央六届六中全会上,毛泽东在《论新阶段》(1938 年10 月 12 至 14 日)中第一次讲道:"允许蒙、回、藏、苗、瑶、夷、番各民族与汉族有平等权利,在共同对日原则之下,有自己管理自己事务之权,同时与汉族联合建立统一的国家。"①

　　1949 年以后,中国共产党在解放区推行的政治话语与文艺政策开始逐步推行到全国范围,政治话语的转变蕴含了民族与国家二元本位的理念。② 德国历史学家弗里德里希·梅尼克(Friedrich Meinecke)认为民族的两种形式——文化共同体(种族和语言统一体)和国家共同体(国家公民的整体概念),往往是不能进行严格清楚的区分的。共同的语言、文学和宗教固然创造并共同维系了一种文化民族,然而更多的情况是,国家共同体及其政治影响力即便不是根本动力,也是促使一种共同语言与共同文学产生的主要因素。文化民族同时也可以是国家民族。正如他所说:"我们恰好进入一个新的伟大民族——它既是国家民族也是文化民族的主要发展时期。"③

————————

　　① 中共中央统战部:《民族问题文献汇编》,北京:中共中央党校出版社,1991 年,第595 页。

　　② 王怀强:《走向民族区域自治——1921—1949 年中国共产党民族政策变迁的历史新探》,《广西民族研究》2011 年第 1 期。

　　③ 弗里德里希·梅尼克:《世界主义与民族国家》,钟捷译,上海:上海三联书店,2007 年。

通过建构共同的传统记忆、语言和文化,民族与国家希望实现无缝结合,国家即民族,民族即国家。随着中国共产党在全国范围内的胜利,其首要任务就是使得全国范围内迅速认可新的现代民族国家,民间文学和民族文学有助于新的记忆、语言和文化的建构,这既是1949—1966 年少数民族神话研究的语境,也是其得以迅速发展的契机。

《民间文学》发刊词恰切地论述了这一思想:中国是一个多民族的国家。汉族和各兄弟民族的人民,过去在艰苦的条件下,创造了民族赖以生存的物质财富,同时也创造了各种精神财富。他们创造了自己的艺术,自己的伦理观念,创造了自己的哲学和科学。人民口头创作,就是各族人民创造的文化的一部分。这种精神文化,在过去长时期中的遭遇是不幸的。它经常受着本族或异族统治阶级的鄙视,甚至还遭到严厉的摧残。

又如历史上那些对本族或异族统治者进行斗争的人民领袖——明末的李自成、太平天国时期的李秀成,以及清朝湘西苗族暴动领袖吴八月等,他们在过去那些为地主、富商阶级服务的文士笔下,是逆贼,是匪魁,是"罪不容诛"的凶犯。但是,在人民自己的文献里,在他们的传说和歌谣中,这些人物却是具有无限神勇的英雄,是为人民除害并受人民敬爱的战士。①

它深入地阐述了人民口头创作鲜明的阶级性和思想性,其对于教导人民的思想、行动和丰富人民的精神生活有着极其重要的意义和价值,这正是1949—1966 年少数民族神话搜集与研究的指导思想与核心理念,神话研究成为建构新的民族国家文学的路径之一。"旧

---

① 《创刊词》,《民间文学》1955 年第 4 期。

有戏曲大部分取材于历史故事和民间传说;在民间传说中,包含有一部分优秀的神话,它们以丰富的想象和美丽的形象表现了人民对压迫者的反抗斗争与对于理想生活的追求。《白蛇传》《梁山伯与祝英台》《天河配》《孙悟空大闹天宫》等,就是这一类优秀的传说与神话,应当与提倡迷信的剧本区别开来,加以保存与珍视。对旧有戏曲中一切好的剧目应作为民族传统剧目加以肯定,并继续发挥其中一切积极的因素。当然旧戏曲有许多地方颠倒或歪曲了历史的真实,侮辱了劳动人民,也就是侮辱了自己的民族,这些地方必须坚决地加以修改。"①神话被纳入到新的社会主义文学及其实践的进程中,成为阐述或呈现新的人民文学的重要路径之一。所以这一时期神话研究在当时承担了特殊的历史使命,具有特殊的历史价值。

流传于西南、西北、东南的少数民族神话,其本身还是社会制度史、文化发展史的佐证。要想了解我国远古时代的制度、文化和人民生活,就不能不重视这些神话、传说和谣谚等。现在流行在我国西南许多兄弟民族间的兄妹结婚神话,不但对于那些民族荒古时期的婚姻生活史投射了一道光明,同时对于全人类原始社会史的阐明,也提供了一种珍贵的史料。②

总之,1949—1966年少数民族神话的研究,可以说既是新中国社会主义多民族文学实验的重要场域,也是民族文化遗产保护的重要对象,是现代民族国家与民族文化遗产共构的产物,对其学术史、思想史的梳理与阐释需要回复到这一历史语境之中。

---

① 人民日报社论:《高度重视戏曲改革工作》,《人民日报》,1951年5月7日。
② 《创刊词》,《民间文学》1955年第4期。

《旅　程》

——小剧场魔术的新范式

柴　莹

小剧场魔术剧《旅程》自 2013 年初在热力猫俱乐部开演以来,近三年时间内连演一百多场,开启了全国巡演之路。它虽然还有许多不足之处,但同时也有着自己的可贵之处。

一　酒吧中崛起的小剧场魔术秀

2013 年 3 月 2 日,魔术师孙峥和团队创办的小剧场魔术秀《旅程》在热力猫俱乐部首秀。热力猫俱乐部是方家胡同 46 号中一个不起眼的小酒吧。方家胡同 46 号原为中国机床厂的旧址,随着北京文化的发展,这里逐渐被改造成"艺术区",聚集了不同的艺术领域实体,有小剧场、表演艺术团体、文化沙龙空间、建筑艺术、视觉设计、新媒体艺术、现代艺术中心等机构。热力猫俱乐部有一个小的舞台，可进行小型乐队或脱口秀演出，容纳四十多名观众，演出门票也比较便宜。不难看出，这类演艺吧更凸显艺术与审美，目标消费者主要是时尚、先锋、经济不堪宽裕的文艺青年。他们来到这里，寻找一些小众但有趣的文化，选择这里作为《旅程》的起点定位相当精准。

"在电视前，魔术是冰冷的屏幕；在剧场里，魔术是遥远的舞台；而在《旅程》中，魔术是 0.5 米内的奇迹——《旅程》京城首台'全近景'魔术秀。"这是《旅程》首场演出的宣传语，它把《旅程》与流行的电视魔术和剧场（舞台）魔术区别开来，用魔术术语"全近景"强调了《旅程》与众不同的特质。

《旅程》的第一、二季全部是在热力猫俱乐部演出，演出时长为一小时左右。票价为预售 A 票 70 元，B 票 50 元；现场售票 A 票 80 元，B 票 60 元。A 票很少，大多都是 B 票（占三分之二）。最初，整个《旅程》团队只有三人，一人在后台负责道具，一人控制灯光、音响，还有就是主演与导演孙峥。这一阶段，《旅程》维持一月一次的演出节奏，时间一般在月底的周末下午，有时也在晚上，时间并不固定，甚至售票时间也不固定，以官方微博发布的演出资讯为主。受众多为圈内人，或慕名而来的魔术爱好者，也有个别来感受方家胡同文化氛围的时尚青年，出于好奇而观看。《旅程》舞台总监宋帅说："或许这种形式太新颖了，普通观众并未接受，观众还是爱好者偏多，气氛虽好，但在编排上会考虑到爱好者的口味和兴趣，并没有实现把近景魔术带给普通观众的目标。"这种状况在很长一段时间困扰着《旅程》团队。

二　不断变化的演出形式

《旅程》的第一季从 2013 年 3 月 2 日到 12 月 28 日,持续了近一年;而第二季从 2014 年 2 月 14 日到 6 月 28 日,只有不到半年时间。因为,《旅程》更换演出场地了,来到奥体中心综合训练馆三层的传奇小剧场。正如宣传语所说:"全新剧场,专业的小剧场声光电,丰富的魔术形式,这一切都是《旅程》同年'零空座'票房奇迹后的再度升华。魔术不再是冰冷的屏幕,遥远的舞台,而是一场小剧场里近在咫尺充满欢乐的传奇之旅。"从第三季开始,《旅程》更接近于戏剧,把宣传重点变为"京城首台小剧场魔术秀","全近景"这个魔术专业化的词汇不再出现。

第三季在《旅程》发展中具有转折点意义。首先,演出场地从热力猫俱乐部容纳不足五十名观众到传奇剧场的一百五十名观众,座位变为 A、B、C 三种,A 座 150 元,B 座 100 元,C 座 50 元。其次,观众的增多使观众的构成更加复杂,以前以魔术师和爱好者为主,现在更多的是对魔术并不了解的普通年轻人。再次,剧场与观众的变化使《旅程》团队不得不对节目和表演方式做出调整,不断增加或删减一些魔术流程,演出时长增加到一个半小时,团队建设也从三人发展到九人。

第三季开始,因收入的增多,不得不增加演出场次来增加票房收入。《旅程》曾尝试第一场 8 月 2 日,第二场 8 月 16 日,第三场 8 月30 日,第四场 9 月 13 日,第五场 9 月 27 日。高密度的演出使人力投入巨大,所有演职人员不得不连轴转(团队部分人员为兼职),原本不断反思、改进的演出方式受到影响;同时上座率也得不到保证,投入与产出不成正比,未带来预期的经济收益。因此,从第三季第三个月开始,《旅程》放慢了脚步,延续热力猫时期每月一场的传统。

第三季的最后一场,2014 年 12 月 27 日,《旅程》再次更换剧场,一年中最盛大的节日狂欢"年终大爬梯"在五百个座位的东图剧场举办。票价也做了较大调整:情侣套票:180 元(100×2)、260 元(150×2)、680 元(380VIP×2);家庭套票:260 元(100×3)、380 元(150×3)、980 元(380VIP×3)。显而易见,它的目标受众转变为情侣和三口之家。这次的尝试带给《旅程》团队很大压力。宋帅说:"舞台放大后不论是道具、布景还是演员演出的肢体动作、表情、台词等很多方面都需要放大,对于以近景为主的魔术秀造成一定的观看和互动障碍。并且,也与魔术回归小剧场的初衷违背。"这次"年终大爬梯"之后,他们又回到传奇小剧场。目前,他们仍然在探索最有利于把魔术带到观众身边的表演方式和剧场演出,当然,实现经济效益最大化也是《旅程》团队需要重点考虑的问题。

三　依赖网络的营销模式

作为一种时尚消费文化,《旅程》深度依赖网络。微博在营销中的最大先机在于投入小而产出能力大。自 2013 年始,微信营销也成为营销领域的热门话题。但微博自始都是《旅程》重要的营销和宣传媒介。

　　《旅程》的微博营销以观众为核心,用微博的评论和转发功能与观众直接交流和沟通,进行广告宣传和口碑营销,影响观众的消费行为。2013年2月12日,小剧场魔术秀《旅程》官方微博正式开通,截至2015年11月23日,它的粉丝数是2 886位,发表微博2 305条。主创孙峥的粉丝数是5 353位,发表微博3 516条。

　　《旅程》官方微博内容涉及演出资讯、售票信息、主创情况、微线上活动、现场优惠和赠送活动、演出图片与视频、观众的观后感等;还有一些魔术方面的信息,如魔术培训消息、魔术知识、国外最新魔术动态及魔术师的微博等。而转发者主要是《旅程》的主创人员、相熟的圈内朋友及少数与魔术无关的普通观众。应该说,与一部电影动辄数十万的粉丝数相比,《旅程》的微博关注度较低,名人、微博大号的转发度几乎为零,未能在微博中形成关注的话题。

　　《旅程》官方微博最重要的功能是发布演出和售票信息。由于《旅程》的演出时间从未固定,因此官方微博就如剧场门口的演出信息公布栏和海报张贴栏。当然,诙谐的文字宣传也必不可少。"愚人节专场"微博宣传词是:"我们心中都曾住着一位快乐的'愚人'。但生活的压力使他丧失生命力,我们看似精明却不知不觉弄丢了单纯的快乐。在这愚人节和复活节撞撞的日子,何不来到《旅程》。""寻找童年专场"微博宣传语是:"是否还记得小时候的初夏?魔术是一门带你回到童年的艺术,小时候对神奇的向往是否已丢失多年?"第二季开始的"情人节专场"微博宣传语是:"此魔术秀比雷雨纯洁,比梁祝圆满,比白毛女浪漫,比哈姆雷特短,全无尿点!"……应该说,官方微博在文字宣传上下足功夫,在某种程度上也确实鼓动、刺激了年轻人的消费欲望。

　　不仅如此,它还转发观众的微博:"魔术表演不单是一场视觉盛宴,它还是一连串精彩的戏剧小品表演,可以用来探讨很大的主题:追寻梦想、坚持它、实现它、享受它带给自己的快乐!"甚至还转发专家对《旅程》的评价:"我原以为节目名称只是一个譬喻性的词汇,但身在当日演出现场,这却是情境设置的写实性陈述。无论是地理概念的旅程还是人生的旅程都应该像踮起脚尖的眺望。这支年轻的魔术团队值得点赞!"这是北京舞蹈学院金浩教授的一段微博,被《旅程》小编挖出并转发。这种利用受众自发传播《旅程》信息的营销方式,淡化了公开推销的功利性与商业性,具有更强的说服力和可信度,起到口碑营销的效果。

此外,《旅程》还灵活运用各个时间段来制订营销策略,以此吸引眼球和受众关注。如演出前的制作期,对演出内容和现场活动进行地毯式宣传;演出中,对现场进行同步直播;演出结束,除发布精彩的演出图片和视频外(后期的图片和视频效果已相当完美,日臻成熟),还有观众饱含情感的观后感。活动还包括:如果@三位好友,即可赢取 A 票两张,预售和现场票同时进行;在某个时间段购票的情侣,现场将留下一张拍立得,若第二年七夕专场,能牵手来《旅程》领走照片,将为之带来一场免费的专场魔术等。

但必须指出的是,比起其他娱乐形式,如电影、话剧所经常采用的微活动:微投票、微访谈等营销手段,《旅程》官方微博虽有涉及,但丰富性明显不足。事实上,在人人都有麦克风的自媒体时代,《旅程》可以充分利用微博的特点,调动微博使用者的积极性,有效利用名人效应,深化网友的参与度,通过微博与受众进行平等的信息交流,淡化营销宣传的商业性与功利性,取得更好的市场反馈。

此外,既然口碑营销在《旅程》的营销上占有很重要的地位,那么《旅程》应该利用微博使用低门槛性的特点,通过关注的功能寻找到志同道合的人,成为他人的粉丝。当用户本人发送信息的时候,这些信息可以同时推广到该用户每一个粉丝的微博上,形成群体传播,使信息被不断扩散,达到更好的传播效果,影响粉丝,产生"少数服从多数、个人服从集体"的群体趋同现象,达到口碑营销式的宣传效果。

《旅程》官方微博开播已将近四年,随着《旅程》演出的有增无减,微博的活跃度已略显疲态,宣传落入套路,微活动未能出新意,转发量不足,粉丝数量也没有明显提高,还出现了越来越多与《旅程》无关的内容。未来,《旅程》团队有必要在改进微博营销方式、微博与微信双向联动方面着手,使用微博加微信的营销渠道,发挥最大能量。

四　简约不单调的舞台呈现

国内的小剧场话剧如果从 1982 年的《绝对信号》算起,已经历经三十三年的发展和完善,它的内容、形式、语言、表演技巧,甚至市场和受众群都已经发展得相当成熟。而只有三年生命的《旅程》是在没有前人经验的基础上创作出来的,它的舞台呈现与小剧场话剧相比,还显稚嫩,不完美,但却显示了强大的生命力。

《旅程》的舞台绝不是要给你震撼的那种。一张凳子,一个演员,一个不起眼的蒙着黑布的小三脚架,一段带有诙谐、顽皮气质的音乐,一个不时变幻影像的大 LED 屏,当然,还有因魔术表演需要拿上舞台的一些简单道具。与其说它像一个表演舞台,不如说它更像一个布局简约的聊天室。魔术师孙峥就在其中与你随意地聊着"魔术、人生、梦想",所有的一切……

《旅程》一开场,孙峥就告诉大家"'旅程'最有魅力的地方,就是你永远不知道接下来将要发生什么!"这也正是魔术最有魅力的地方,于是,"旅程"与魔术融为一体。"旅程"启程之前,必须得有暖场,于是第一个魔术——红包魔术登场,像招揽生意的吆喝,把观众的注意力吸引到表演上。

一场"旅程"首先需有钱,于是,第二个魔术是最常见的纸币魔术。之后,是"错误引导"魔术,这是"旅程"中最出彩的一个魔术,也是孙峥最得意的桥段之一,在其他晚会表演中,他经常单独表演这一段。表演者通过一枚硬币,用错误引导的方式引开参与互动观众的注意力,而在现场其他观众的众目睽睽之下,轻而易举拿走这位观众的眼镜、手机、钱包、手表等物品。接下来,是八到九个互动魔术,包含了近景和中景的多个魔术的呈现。

"旅程"会有一个终点,这个终点是某位观众随口提出的远方,终点在哪并不重要,"在路上"的现场感才是"旅程"中最重要的,与魔术师互动的观众也是演员,与观众一起表演的魔术师是领衔主演。而这与某些小剧场话剧中点缀加噱头式的魔术有天壤之别。

在《旅程》中,魔术始终充盈着一股轻快、怀旧、风趣、幽默的气息。孙峥通过惊讶、通过刺激、通过游戏、通过好玩,总在不经意间暗示观众:"魔术师无所不能,我是魔术师,我无所不能,当然,最重要的,我可以让生活变得更加神奇、更加不受约束,假如你想要一段奇妙的旅程,那么你,或者成为魔术师,或者跟着魔术师走。"虽然《旅程》只是一位魔术师表演的小剧场魔术秀,但它会令人不由自主地联想到很多,仿佛人生的计划都能够通过魔术实现。

　　《旅程》的结束非常潇洒,一个卷起的白纸黑字记录了每位互动观众的奇妙经历,点点滴滴,既真实又虚幻。原来,未知的旅程不过是魔术师的预言,一切尽在掌握之中。孙峥在念完神奇的预言后,告诉观众,旅程结束,回到现实。

　　理工男背景的孙峥不够高大帅气,但以他迅捷干练的台风和轻快利落的语言以及很好的控场能力,使舞台显得生动而饱满。孙峥打造了《旅程》,《旅程》也为孙峥量身定制。换一张脸,一个身形,一种嗓音,一个节奏,似乎都有欠缺。

　　一直以来,《旅程》最有活力的地方就在于创新发展的脚步从未停止。《旅程》从第一季第二场开始有意识地举办节日主题专场,第二场4月1日,愚人节专场;第三场4月30日,五一专场;第四场5月25日,没有任何节日,做了“爱情主题”专场;第五场6月30日,“寻找童年”专场……第一季最后一场,则做成了年终的大爬梯,并请来四位魔术师嘉宾助阵,声势浩大。《旅程》有意识地迎合节日时尚的人群,顺应潮流的生活方式,在节日主题中营造狂欢的仪式性场景,加入一些青年人喜欢的主题元素,满足年轻人的狂欢需要。

　　节日主题取得了良好的效果。因此第二季(包括第三季和第四季)基本延续了第一季的节日式狂欢模式,并日趋成熟、完善,真正把节日主题融入魔术秀中。如第四季2月14日的“情人节”专场中,模仿国外一些球赛之前的做法,在演出之前,用摄像摇臂寻找情侣,并玩笑式地把情侣影像投影到LED屏上,情侣看到大屏幕上出现自己的影像,会做出一些温馨的亲密之举,大大强化了情人节专场的主题因素。这种小的创新性的花絮插入,也成为《旅程》的特色之一,受到年轻人的青睐。

《旅程》开演半年后,开发了"专属旅程"的定制产品。如果说最初的"专属旅程"是偶然现象,定制性较弱,只是个别公司、企业小范围的包场行为,至多加入一些讲话、抽奖、委任等环节,那么在逐渐发展过程中,"专属旅程"不断强化定制环节,为包场客户量身打造小剧场魔术秀,用一种创新的形式满足了员工活动、宴请客户等文化活动需求。"专属旅程"除《旅程》固有的优势以外,还可以满足定制魔术:根据需求为其创作映射公司业务、体现个人魅力等专属的魔术;定制道具:在演出道具上加印公司 Logo,并设计小礼品在魔术的过程中送给观众;私人环节:为其提供领导上台讲话、抽奖等活动环节,并根据需求融入魔术中;此外,还提供精美的酒水小食。比如"专属旅程"在给联想集团做客户品鉴会包场时,两个小时的演出,用了两款 ThinkPad 创作了魔术。植入性软广告,也是"专属旅程"未来的发展趋势。

毋庸置疑,《旅程》还有很多缺憾,比如,魔术师与观众的互动,对于整个剧情的推动力和思想性的建构有特别大的意义吗?没有。所有的魔术流程和技术技巧都是游刃有余、完美无瑕吗?不是。除了魔术形式的新颖之外,它的戏剧部分真正传神达意了吗?很难。完美的《旅程》,应该是魔术、观众、表演者(魔术师)和整个剧情完美融合,又有先锋和实验的味道,感人至深而不显拖沓。对于"小剧场魔术秀"而言,这是难度的极致,也可以成为努力的目标。

《旅程》团队已经在小剧场热情如火地坚守了三年,他们的梦想就是把魔术带回小剧场,他们一直在为理想而努力!孙峥说:"每一个不变魔术的日子,都是对生命的辜负。"《旅程》官方微博宣称:"我们很高兴可以在小剧场里与如此多观众相遇,希望我们永远有一颗旅行的心在城市生活!电视剧无疑是大众的娱乐,电影也走向大众娱乐,剧场演出依然有可能保持它的艺术特性,以寓言的方式来描绘生活,在小众范围内争取更大的观众群,我们为这个现实感到庆幸!"

北京杂技家协会秘书长董蕾说,《旅程》最大的优势就是"坚持和执行力"! 让我们为《旅程》点赞!

《环球春晚》打造中国文化国际传播新路径的方式

刘　颖

近几年,《环球春晚》已经成为北京电视台于春节期间倾力打造的一台中外明星同台、中外娱乐荟萃的综艺晚会,同时也是北京电视台独创的"国际化春晚"品牌节目。自 2010 年开办以来,《环球春晚》以国际化、多风格、高品位、宽视野为定位,在众多晚会中脱颖而出。这台晚会的创办初衷是全球同庆中国年,其本质则是借中国的传统节日"春节"向全世界传播中国文化。据央视索福瑞统计数据显示: 2013 年,《环球春晚》在北京地区的收视率为 3.65% ;2014 年,其收视率提升为 3.71% ;2015 年,其收视率达到了 4.64% ,呈现出逐年稳步增长的态势。

事实上,首播于 2010 年的《环球春晚》并非横空出世,今天舞台上的星光熠熠、屏幕前的万人瞩目,源自二十年前——即 1995 年北京电视台创办的节目《歌从这方来——外国人演唱中国歌曲大赛》。大赛创办七年后,随着影响力的不断扩大及在京外国人对中国文化关注度的日渐提升,"大赛"从原来的"外国人演唱中国歌"扩充并转型为"外国人表演中华才艺"。自 2002 年春节起,北京电视台开始播出《外国人中华才艺大赛》,大赛内容涉及中华文化的各个方面,囊括了曲艺、相声、书法、武术、戏曲、绘画以及魔术杂技和喜剧小品等多种艺术形式。当时,《外国人中华才艺大赛》的筹备期长达一年,基本上是在当年的大赛结束后就开始进入下一年度的筹备工作。大赛的多位导演要飞赴世界多个国家和城市进行前期联络及多轮初赛。在近半年的淘汰赛后,大赛组委会邀请入围选手来到北京参加最后的决赛,并将这场比赛打造成了一场精彩纷呈的中华文化盛宴。

正是有了这档颇具影响力的大赛,北京电视台才独辟蹊径地创造了外国人唱中国歌、外国人说相声等特殊的中国文化国际传播方式,更打造出了一批像大山、爱华等热爱中国、热衷于传播中国文化的洋明星。应该说,《外国人中华才艺大赛》在当时的时代背景下,对中国文化的国际传播起到了相当重要的作用。

近几年,随着全球化的飞速发展,中国文化国际传播逐渐向更深层次迈进,不断走向文化的深入交流与融合。对于已经走过十多个年头的《外国人中华才艺大赛》来说,其节目样式已经有些落伍,不再适应当前国内、国际新情况下的传播需求。首先,从节目收视上考量,国内观众早已不再满足于洋面孔唱中国歌,或是洋人说相声这类原本具有"猎奇"色彩的节目;其次,从中国文化国际传播的角度来看,这种过于简单、直白的传播样态也已经不再适合越来越复杂多变的国际传播环境,甚至会在某些群体中引发抵触或反感情绪。

正是出于对上述现实因素的充分考虑,《外国人中华才艺大赛》在 2010 年华丽变身为《环球春晚》。这档脱胎于才艺大赛的国际化晚会,不再是洋面孔和中国文化的简单叠加,而是在更大程度上实现了中外文化的有机融合。可以说,《环球春晚》是一个在新的国际传播形势下应运而生的产物，和此前的《外国人演唱中国歌曲大赛》《外国人中华才艺大赛》比起来，《环球春晚》以一种更加巧妙的节目样态——中外文化的有机融合，实现了中国文化的国际传播。

经过四年多的探索与磨合，这一独具匠心的节目样态日渐成熟，更为重要的是，以这种节目样态为桥梁，中国文化在《环球春晚》的舞台上找到了一条国际传播的新路径。

一方面，这种节目样态摒弃了"文化决战"的创作态度。在当今的国际传播形势下，任何强硬的文化输出或是文化入侵均不可能获胜，只有去除传播过程中过度的一厢情愿，不断追求平衡之美，我们传播的文化才有被接受的可能，这一做法也符合我国一直以来主张的"和谐世界"理论。《环球春晚》创办伊始，节目组坚决摒弃非此即彼的"文化决战"的创作态度，以促进文化融合与交流为创作理念，力求最大限度减少二元对立引发的抵触情绪，实践证明，此举更易于中国文化的国际传播。

另一方面，这种节目样态走出了"东"拼"西"凑的创作思路。在将东西方文化有机融合的过程中，切忌"东"拼"西"凑，要在遵循艺术规律的前提下实现两种文化的水乳交融，打造出真正的艺术作品。一旦接受者被艺术作品所承载的和谐之美所打动，中国文化自然能够潜移默化地输送出去。

正是秉承着上述的创作理念和创作思路，在《环球春晚》的舞台上，中外文化的融合实现了一种真正意义上的中西合璧。

尽管《环球春晚》在节目样态上做出了重大改变，但其在传播方式上依然延续了"请进来"的风格，将外国人请到中国的舞台上来。"请进来"的传播方式并非《环球春晚》首创，一直以来，我国的对外宣传工作就存在着"走出去"与"请进来"两种传播方式，二者互为补充。然而,《环球春晚》的"请进来"又与传统外宣工作中的"请进来"有所不同,大致体现在以下几个方面。

首先,《环球春晚》的"请进来"依托的是北京作为首都这独一无二的区位优势。

北京是世界文化名城,具有丰富的文化底蕴。北京的世界文化遗产和文化基础设施总量均居全国第一,国家一流大学、国家级艺术院团等演出单位数量众多,文化产业聚集区发展迅速。可以说,传统与现代的中国文化都在首都北京得到了集中体现。通过身临其境地对中国文化追根溯源,被我们"请进来"的外国人可以更加深入地感受中国文化的魅力,进一步稳固和提升对中国文化的认识。2007 年《外国人中华才艺大赛》的冠军是一支来自德国汉堡的中国功夫武术团,作为总决赛的表演团队,这支武术团提前抵达北京,与北京的专业武术团体共同排练了一档压轴的武术节目。在为期三天的紧张彩排中,德国武术团认真向中国武术团求教,不仅在总决赛上为电视观众奉献了精彩的武术节目,还在短期内加强了对中国功夫的了解,提升了武术水平。大赛结束后,他们向节目组表达了一个强烈的愿望,就是希望将来能够有机会再次回到北京。六年后的 2013 年,这支来自德国汉堡的中国功夫武术团终于登上《环球春晚》的舞台,再度和中国的武术家们联手表演了精彩的武术节目《中外青年功夫梦》。该武术团的团长告诉我们,自从六年前在中国夺冠后,武术团的学员越来越多,其中有政府官员、律师,还有家庭主妇,他们都把来到北京参加演出当成一个精进武艺和了解中国文化的大好机会。

北京作为首都是国家对外交流的中心,也是国际社会认知中国的焦点,全球看中国的同时也在看北京。基于此,在北京举办的各类国际活动也成为中国文化的重要载体和国际传播的放大器。继 2008

年奥运会成功举办后,北京又成为 2022 年冬奥会的举办城市,凡此种种,不断把北京的国际影响力提升到新的高度。

综上,正是由于北京独特的区位优势,把外国人请到北京来,既可以实现全方位的文化浸润,又能够将这一文化浸润的成果又快又好地展现在世界面前。

其次,《环球春晚》"请进来"的都是本身就热爱中国文化的艺术家。

这些艺术家来到中国后自觉自愿地学习中国文化,返回本国后也在不遗余力地传播中国文化,更为重要的是,他们还乐于将中国文化演绎成西方人能够理解的艺术作品,可以说,这些人是中国文化国际传播的重要媒介。

连续两年来到《环球春晚》舞台上的瑞典著名钢琴家罗伯特·威尔斯曾经多次到访中国。几年前,当他陪同家人在长城上赏月时突发灵感,回到酒店后便即刻创作了一首具有中国民乐风格的《中国月亮》。2011 年春节,这首《中国月亮》被搬上了《环球春晚》的舞台,中国的琵琶和罗伯特·威尔斯的钢琴珠联璧合地演绎了这首充满诗情画意的作品。表演结束后,罗伯特·威尔斯和家人一起走上舞台,为观众介绍了他们全家的中国情缘。此后,《中国月亮》成为罗伯特·威尔斯数次世界巡演的保留曲目。

再次,借助《环球春晚》的平台,外国的艺术作品得以进入中国的主流媒体,实现真正意义上的"请进来",外国人可以借此获得文化认同感。

笔者在采访一些在京工作或求学的外国人时,很多人都表示,在北京的主流媒体上很难看到他们本国的文化,这让他们感到处于一种不被接纳的边缘状态,而《环球春晚》的出现正好打破了这种中外文化的界限。自 2010 年首播以来,《环球春晚》的播出时间固定在中国春节大年初二 19 点 40 分,并由北京卫视和北京电视台青年频道并机播出,这样的播出平台和播出时段给予外国艺术家和外国观众一种本国文化被认可的感受,也就更加乐于参与《环球春晚》,更加易于接收《环球春晚》所传达的中国文化。

最后,《环球春晚》在"请进来"的过程中着力建立长效交流机制。

自 2013 年起,《环球春晚》设立了一个全新的节目环节,即邀请各国驻华大使走上舞台,隆重推荐本国的精彩节目。许多国家的"国宝级"艺术家集中现身《环球春晚》的舞台,极大提升了《环球春晚》的节目品质和影响力。与此同时,节目组还与一些国际大型演艺公司建立了合作关系,对方不断将国际上最新、最流行的节目样态引入到《环球春晚》的舞台上来,以保证《环球春晚》与国际演出市场接轨。

中国文化的国际传播是我国文化软实力的重要组成部分。面对世界范围内各国文化对于传播空间的激烈争夺,中国文化国际传播的多维度拓展和深入,已成为文化软实力发展的内在需求。如果我们把"走出去"战略看作是一种"外向型"的传播方式,那么或可通过在北京建立"内向型"的传播方式,充分发掘首都的潜力,通过"里应外合",全方位构建中国文化国际传播的格局。从传播样态和传播方式上来看,《环球春晚》开创了一条中国文化国际传播的新路径。这条新路径,恰恰可以助推北京构建起"里应外合"的全方位的中国文化国际传播格局,实践证明,它符合我国文化软实力发展的内在需求,具有一定的战略意义。

2017 年度优秀文艺评论

驻校作家制度能否推动大学教育变革

舒晋瑜

一

把莫言请进北师大的校园，是张清华很早就冒出的念头。只是那时，他尚不曾预料，在北师大有关领导的支持下，他的梦想不仅成为现实，且形成了一个大规模、高规格的阵容和平台，那个小芽会在天时、地利、人和的境遇中长成繁茂的大树。

至 2017 年 5 月 13 日，北京师范大学国际写作中心已成立四周年。莫言担任国际写作中心的主任，张清华为执行主任，中心职能之一，是定期邀请国内重要作家或诗人作为"北京师范大学国际写作中心驻校作家"来中心开展写作、研究、讲学与交流工作，此前已有贾平凹、余华、严歌苓、苏童、欧阳江河、迟子建、西川、格非、翟永明到校，2018 年 4 月，韩少功成为北师大第十位驻校作家。

　　莫言等名作家对北师大的学生来说,不再是天边的传奇或遥远的童话。"'北师大国际写作中心驻校作家'所产生的效应正在扩展,"张清华说,"我们慢慢汇集在莫言先生的精神感召下,在他这面高高飘起的旗帜下面,已经吸收的十位驻校作家和诗人,他们都是中国当代最优秀的作家,大家的气息相聚在一起,生发出超越每一个个体的力量,最终生成了一种场域,一种氛围,一种精神。"

　　驻校作家只是北京师范大学国际写作中心的职能之一。中心自 2012 年的秋冬筹划,到 2013 年 5 月 13 日成立时,已设置了比较系统的章程,并仿照国际通例为国际写作中心设计了四大功能。

　　一是文学交流。北师大成立写作中心的目的,是提供中国文学和世界文学高端交流的平台,借助莫言的感召力,邀请世界优秀的作家和中国作家进行创作方面的交流,当然也包括学者之间、出版界之间的交流,推动中国文学更多更快地走出去。二是文学创作。定期邀请国内重要作家或诗人作为"北京师范大学国际写作中心驻校作家"来中心开展写作、研究、讲学与交流工作,聚拢浓厚的文学氛围,和学生广泛接触,给青年作家的成长提供助推。三是文学教育。四是文学研究。即加强北师大作家群的研究,推出"'北师大师群'作家专论""北师大诗群"等四套书系。

　　其中,大学的文学教育引起较大的争论。"关于大学是否应该培养作家,一直有很多说法。原来很多著名高校有不成文的规则,认为大学不培养作家。但文学教育缺失,是多年以来严重的通病。"张清华将原因追溯到"五四"时期。那时很多学者就是作家,鲁迅、周作人、胡适、刘半农、宗白华……他们既是学者,同时也是作家诗人,钱锺书不在大学任教,却是科研人员,同时也是作家;古代更不用说,古代的"诗教"即是"文学教育",是整个教育体系中最成功的,每位读书人提笔即能写诗作文,而现在的大学教育则完全"知识化",使得专业的技能被搁置,受教育者知道一堆文学知识,却不会写作,这是最大的缺陷。

"我们再也不能大言不惭地说:大学不培养作家——作家当然不是培养出来的。"张清华紧接着反问:"科学家能培养吗?任何杰出人才能定制吗?大学是为杰出人才的成长提供教育的条件,任何法学家、教育家都不是大学定制培养的,哪个大学也不可以说培养什么家。但文学教育是必需的,我们要重新恢复文学的本体性理念,在知识化的同时也要保有作为技能的品质。这关乎大学教育理念的变革和整个中文学科教育理念的变革。这是结构性的调整。""我们愿意推动这样的变革。"

在这样的理念下,北师大成立国际写作中心后,开设了创作方向研究生,并和鲁迅文学院恢复合招研究生班,这是北师大在招收研究生方面完成的突破。目前,北师大创作方向的研究生中已经有一些在写作方面显露出令人喜悦的才华和潜质,有的还发表了不少作品。"国际写作中心不能光是象牙塔,我们还计划拓展社会服务,为广大的青少年和文学爱好者服务。"据张清华介绍,北师大写作中心正在和相关部门组建"校园文学联盟",推动中小学的文学教育。所做的大小上百场文学活动,也辐射到社会的方方面面。

张清华认为,驻校作家制度在北师大有很多优势。一是学校的人文传统比较深远。从鲁迅先生到钟敬文、钱玄同、黄药眠、郑敏、童庆炳……北师大人文氛围十分浓厚。二是培养了很多作家,当代作家中从北师大走出去的数量众多,莫言、余华、苏童……这批作家不仅在中国文坛有很高地位，在国际上也享有盛誉。三是有同行同仁的支持。中心选择驻校作家的标准，既具有思想高度，又具有艺术品质，是国内公认的一流作家。驻校作家进驻北师大后，要开展一些演讲、讲课以及对话。自名作家进驻校园，张清华最深切的感受是，北师大的学生们创作热情比过去高得多，每天下课都有同学塞给他新写的作品请教。与此同时，北师大在国内外中文学科的影响力美誉度不断攀升，学生受教育的环境也有了结构性的改善，学校整个场域发生了变化。

"作家到大学里，最根本的是推动文学教育的深化和普及。文学教育的核心理念不只是知识教育，还要培养人文主义的情怀，写作是不可或缺的能力。"张清华说。他指出，文学教育在古代就是人文教育的基本形式，孔夫子的教材就是《诗经》，而《诗经》是百科全书，孔子分析的"兴观群怨"是非常综合的目标功能，让学生有意兴的抒发，还能够表情达意。从文学的专业教育生长出人格教育，古代人文主义精神都包含其中了。

近年来，"驻校作家"在各地高校中日益增多，但是如何做得行之有效、名副其实而不是流于形式，却大有门道。张清华认为，关键是学校要有完备的机制和配套的条件，为驻校作家提供好的创作环境和与学生互动的条件，而且要有合理细致的安排。"驻校作家的目的是什么？不是走形式，更不是让驻校作家为高校脸上贴金，而是要推动原有教育理念的变革、推动教育要素的结构性变化，使写作技能的培养成为一种习惯和机制，以此推动教育本身的变革。"张清华表示，他希望驻校作家的到来，能够使中文学科的学生在教育和成长过程中意识到，阅读研究和写作是同步的；希望他们从中文系毕业后，不仅拥有知识，还应该能够拿起笔来，写出像样的文字。

二

中国人民大学有较好的作家任教的传统。前身延安鲁艺就集结了许多知名作家,丁玲、艾青、孙犁、何其芳等人给文学教育带来了许多有趣的经验。中国人民大学文学院院长孙郁介绍说,进入新世纪以来,文学院多名老师有文学创作背景,像王家新、王以培都有不错的实绩。2009 年后随着阎连科、刘震云、张悦然、梁鸿等人的到来,中国人民大学重新恢复了过去的传统。建立作家驻校制度,其实是为了丰富学校的文学教育,给日趋单一化的教学体系带来一种鲜活的气息。

中国人民大学驻校作家所选择的标准是国内一流的有影响的作家。孙郁说,这样可以带动学术研究与创作的对话,使淡出人们视野的写作成为新的可能。由于驻校作家的影响力,也吸引了许多作家来学校交流。比如诺贝尔文学奖获奖者略萨和索因卡,茅盾文学奖获奖者陈忠实、贾平凹、格非等,他们的到来给文艺学、比较文学、中国现当代文学研究带来了诸多新话题。

中国人民大学的驻校作家还有一种是阶段性的,比如驻校诗人多多、蓝蓝、陈黎(中国台湾)等。他们都短时间在学校参加各类活动,如举行诗歌朗诵和诗歌研究等。这给驻校作家体制带来了灵活性和便捷性。

"我们学院的作家一部分不以上课为主,一部分和普通老师一样参加各类考评。这两种方式给作家提供了不同的工作空间,使他们根据自己的特点在此愉快地工作。我们对于阎连科、刘震云没有规定动作,也没有什么具体要求。主要是因他们的存在而使学生感受到创造性写作的价值。他们会有一些讲座,和学生有一些互动。近来他们招收了创造性写作专业的研究生,像阎连科老师等还兼一点课程。他们还带领学生参加各类实践活动,比如到国外名校访学,和域外翻译家、作家对话等。前不久还与台湾作家群进行了有趣的对话活动。"据孙郁介绍,人大的课程设计不同,分两个部分,一是请专业作家授课,集中讨论一些写作的问题;一是讲授文史哲课程,带有学术的因素。这些课程有不同的特点,主要是扩大视野,使学生在多维空间里建立理解世界的理念。

孙郁说:"文学院的作家的存在,使学科的结构出现变化。许多学生有机会亲近国内外一流的作家。文学院后来引进的作家张悦然、梁鸿等很有人气,她们的课很受欢迎,许多学生因之而喜欢上了写作。"至于创造性写作的课程,目前人大尚没有形成系统化的课程体系,如何培养写作习惯和提升诗意的表达,还有许多探索的空间。另外,大学的评价体系不利于创造性写作课的发展,作家的成果不被教育部的考核所承认。做好这项工作非有超功利的意识不可。孙郁认为,这项工作看似没有实际价值,但却有根本的意义。缺乏感性体验和诗心的中文专业学生,是不合格的学生。同样,大学里缺乏有写作实践经验的老师,那样的教学生态是不完整的。

三

请方方去华中科技大学中文系,最早是华科大文学院院长何锡章教授的想法。

而方方当时也想离开作协，湖北省委宣传部和湖北省作协也都同意。但调到一半，省作协突然反悔。

华中科技大学人事部门均已通过，方方的调动手续都办得差不多了，怎么办？何锡章院长说，可以先这样挂着，学校其他教授也有同类情况。

调去一半也算调，总归要做点事。于是方方拿出了一个讲学方案，学院为此成立了"中国当代写作研究中心"。"春秋讲学"是中心最重要的项目之一，讲学过后，会将讲学内容以及后续研究文章编辑成书。

作为湖北省作协主席，方方经常参加省内外的文学活动。她最强烈的感受就是：武汉的文学活动参与者水平比较高。其中最重要原因在于武汉市有一百二十多万大学生，是同城在校大学生人数的世界之最。

"很自然，湖北有文学专业的大学也就非常多。由此，做专业文学评论的老师们也多。在这里讲学，有着最优质的资源，会场氛围会很好。"方方说，事实证明的确如此。对于讲学的作家和评论家来说，专业人士多，交流自然会有很多碰撞，甚至因观点不同，引起台上台下争执，无论讲者还是听者都因这样的碰撞而兴奋。

这样的讲学活动从 2012 年春天开始，到今天已经办了十一季。其中一季讲学作家是诺贝尔文学奖得主法国作家勒克莱齐奥。

据华中科技大学的驻校作家们反映，该校的活动是最多的，开始都"叫苦连天"（方方语）。

"两周内的规定动作：一是必须给本科生讲一次课；必须在学校人文基地作一次演讲；必须参与一次作家自己的作品朗读会及无主

题对话,这个活动是湖北省作协'我们爱'读书会主持的。最重要的活动则是两周中的一个周日全天的'喻家山论坛'。这个论坛面向全省的文学评论家,同时也有外省评论家参与。"方方介绍说,除此之外,还有两项"自选动作",一是到省图书馆去作一场演讲,二是与专业老师以及在校博士和硕士作一次对话。这些都在讲学前即与讲学嘉宾事先沟通,不愿意去则不强求,但大多作家和评论家也都接受了这些活动。

驻校作家的讲学,从一开始就不少人参加,现在人越来越多。"演讲时,会场永远嫌小,周边大学的学生们都会赶来听讲。所以,学生们很早就会去排队,真可谓盛况呀!而相对专业层次高的论坛,我们只选择小型会场,最多容三百人。所以对于踊跃的学生和文学爱好者来说,只能采用网上报名制。很多人都进不来。"方方说,看到这样的状况,自己一则是高兴,同时也很难过。高兴的是还是有这么多的文学热爱者,难过的是,会场太小,他们也没办法。有人建议说,不妨找一个大会场,但会场太大,现场台上台下相互争执的氛围就会没有了。在图书馆的演讲,也大多是挤满了人,台阶上坐的都是人。

华中科技大学邀请驻校作家有自己的优势,即"中国当代写作研究中心"是华科大与湖北作协联合成立,中心主要领导既有学校老师,也有作协的工作人员。双方各自发挥自己的长处。校内专业活动,以学校师生为主体;校外社会活动,以省作协为主体;每次活动,除了学生受惠,同时还有湖北省内的市、州基层作家。每一季的讲学,基层作家都是抢着报名。为了控制人数,只能让他们轮流参与。五六年做下来,双方合作得特别默契,彼此相处得也非常好。

驻校作家的到来，在大学里掀起的热潮令人欣喜而振奋。

方方说，作家来的第一天，就要给本科生讲课。十点钟的课，有时候学生八点去教室，都只能坐在地上，还有专程从外地大学赶来听课的人。而晚上的演讲，学生们从中午就开始排队，校园里排着长长的队伍，长时间的等待，只是为了晚上听一个作家的演讲。

"看到这些，一句空话都不用说，你就会感觉到这件事的意义。"方方觉得，学生们非常希望见到作家本人和亲耳听到作家的声音，还不仅仅只是出于热爱文学。他们还想知道得更多，想知道作家是怎样理解这个世界的。想了解作家看问题的方式，想探究作家思考人生的角度。同时，他们还想知道这世上更多的事情，以让自己更好地去认识和理解世界，走好自己的人生道路。诸如此类。

"作家们之所以愿意来武汉、来华中科技大学这个文科并非强项的学校，除了他们对我本人的支持外，更重要的是我们中心的口碑很好。中心的老师们既专业，又相当认真。但凡来后的作家都会有一份感动，因为他面对的是读了他很多作品的人。他出现的地方，都挤满了学生或是读者。"方方表示，在作家来之前，他们就号召大家读作家的作品。当作家与听众互动时，他会发现，大多数人都读过他的作品。没有什么比这个更让作家心动的了。

方方认为，目前大学和作家协会合作，是一个非常好的方式。作家们既有学校的专业层面的研讨（喻家山论坛），又面向社会，做一些普及性的公益活动（图书馆演讲），还有与文学爱好者的互动（作品朗读会及无主题对话），内容很丰富。各层次活动都有，更多的普通读者都能听到他们的想法。

持续组织驻校作家的讲学活动，方方也发现，这样的事情更类似公益，阻碍太多。像口心这样的项目，如果想要做得长久，仅靠老师和作协员工们的理想和情怀这一类空洞口号支撑,是不可能的。而让大家长期打义工,自己作为中心领导,仅从心理上就承受不下去,所以,今年秋季的讲学中止一期。"一则让大家休息一下,二来也是等待明年政策是否能稍好一点。当然,如果现状仍然像现在这样,或许就永远停下去了。"方方说,繁荣发展文化需要相应的政策和规定扶持,否则障碍重重,人人都会没有动力。一旦没有了做事的热情和动力,效果就会越做越差。停止便是唯一的办法。

四

迟子建在《额尔古纳河右岸》的跋《从山峦到海洋》中曾有如下记述:

> 初稿完成后,受王蒙先生的邀请,我来到青岛中国海洋大学,做这部长篇的修改。我是这所大学的驻校作家。海洋大学为我提供了生活上便利的条件。在小说中,我写的鄂温克族的祖先就是从拉穆湖走出来的,他们最后来到额尔古纳河右岸的山林中。而这部长篇真正的结束又是在美丽的海滨城市青岛。我小说中的人物跟着我由山峦又回到了海洋,这好像是一种宿命的回归。如果说山峦给予我的是勇气和激情,那么大海赋予我的则是宽容的心态和收敛的诗情。在青岛,我对依芙琳的命运进行了重大修改,我觉得让清风驱散她心中所有世俗的愤怒,让花朵作食物洗尽

她肠中淤积的油腻,使她有一个安然而洁净的结局,才是合情合理的。从这点来说,我得感激大海给我的启示。

迟子建是中国海洋大学的驻校作家之一。文中提到的王蒙先生,便是该校驻校作家制的创立者。

2002年4月,著名作家王蒙先生受聘于中国海洋大学,担任中国海洋大学教授、顾问、文学院院长,并提出聘请驻校作家,让他们在中国海洋大学创作,把身影留在中国海洋大学,让同学们足不出户即可感受名家的风采,在潜移默化中提升校园的文化品位,营造浓郁的人文气息。

王蒙先生的建议得到了学校的高度认同,由此,"驻校作家制度"得以确立和实施。此后,在王蒙先生的引荐下,当代著名作家毕淑敏、余华、迟子建、张炜、尤凤伟受聘于中国海洋大学,成为中国海洋大学首批驻校作家,王蒙为首席驻校作家,之后王海、郑愁予、严力、邓刚、刘西鸿等,陆续成为中国海洋大学驻校作家。

据中国海洋大学王蒙文学研究所所长温奉桥介绍,中国海洋大学的前身是私立青岛大学,始建于1924年,分别于二十世纪三十、五十年代先后出现了两次人文辉煌,蔡元培、杨振声、老舍、闻一多、梁实秋、赵太侔、沈从文、王统照、冯沅君、萧涤非、陆侃如等著名作家、诗人、学者都曾任教于此,形成了中国海洋大学发展史上浓郁的人文精神和鲜明的人文传统。

温奉桥认为,驻校作家制度是国外大学一种常见的文学界与大学合作育人的方式,很多作家在大学内以驻校作家的身份作阶段性的创作、讲学,而中国的大学由于各种原因和条件的制约,一直缺失这样一种灵活的办学形式。

"中国海洋大学驻校作家制度，开启了中国高校驻校作家、驻校诗人的先河。"温奉桥说，驻校作家制度是中国海洋大学基于中国当代教育体制从实际出发的一种创造性构想，是"不求所有，但求所用""柔性"引进智力的一种新探索、新模式，为繁荣校园文化、促进人文学科的发展、繁荣文学创作等，都发挥了积极作用。

五

从第一次看《红粉》，还是大一学生的何向就被苏童的文字深深地迷住了。在学校图书馆中，她借阅了几乎所有苏童的小说。那个时候，她大概不曾预料，四年之后将有幸成为偶像的学生。

考研时，何向报了北师大现当代文学专业文学创作方向，并在导师一项中，认真地写上了"苏童"。

她被幸运的彩球击中了。当得知真的成为苏童的学生时，何向的自豪难以形容。"老师总是先开启话题的那个人。他很幽默，有一种童心不老的气质。苏童老师会和我们交流读书心得，向我们传授一些他的写作经验，也会带我们一起品尝美食、分享他的生活经历。"何向说，从前只是喜欢和崇拜苏童在写作上的天才，在成为苏童的学生后自己更加敬重他对待创作严谨考究、坚持不懈的态度，还有他处变不惊、不改本色的生活方式。

作为北师大的学生，何向也深深地了解，自北京师范大学文学院设立文学创作专业以来，社会各界对此举的讨论或者说争辩就没有消失过。包括很多学者、教授在内的人都觉得作家是不可能教出来的，认为这种聘请驻校作家来做学生研究生导师的制度更多的是表面文章，难免有哗众取宠、吸引眼球之嫌。

"作为已经在校学习近两年的创作方向的学生，我一直很感激师大给我们提供了如此良好的学习、创作环境，作家导师更对我们的写作能力的提高有很多的帮助。虽然天才的作家、超一流的作家也许是不能纯粹依靠学校的制度培养出来，但是学校的责任本身也不在于仅仅培养天才，设立创作专业旨在发掘优秀的青年写作人才，为他们提供合理、完善的学习和创作环境，同时向更多的青年学生传播当下写作的意义和重要性，在浮躁和急功近利的社会里为纯文学和写作传统保留下了一块世外桃源。"何向说，在学校，自己和同专业的学生们一起学习现当代文学专业的课程，此外再去上相关的文学创作课、作家指导课，相互交流作品、交换修改意见，相互鼓励着去不断地写作和投稿，这种可以和像自己一样热爱写作的同龄人一起学习的氛围十分难得。比如苏童虽有时不在学校，但是对于自己的作品，总是很快就回复修改意见和评价。"他还会具体指出，如果他写会怎样。这样一比较，会很快发现自己的差距。"何向表示，和作家们近距离地接触之后，同学们对写作的热情更高了，也对自己的写作要求不断提高。

来北师大之前，马赫觉得作家是遥远的称谓，或是一种象征、一个标志，是非常广大的意义上的人物。然而当她成为北师大文学院文学创作方向研究生，马赫突然真切地体会到，就像见到明星一样——照片上的人物怎么就走了出来？

"驻校作家就在我们身边。他们和蔼谦逊，我们可以近距离地感受到他们的人格魅力；他们博学广识，哪怕只是与他们进行短暂的交流，我们也会感到受益匪浅。"马赫说，随着对各位作家了解的深入，才知道他们是那么友善,心情也由从最初的敬畏和惶恐,变得平和而愉悦。

对于创作方向的学生来说,有作家导师,修作家讲座课,也会就创作问题与某一位驻校作家进行专门交流,无疑是颇为享受的。马赫也注意到,很多人对文学创作怎么"教"的问题有疑惑,但她的理解是,创作不是狭义上一下子"教"出来的,是需要长期的积累与练习,点点滴滴提高自己的水平。"既然我们获得了与作家直接交流的机会,那么我们当然可以在短时间内学到很多东西。'听君一席话,胜读十年书'说起来的确有些夸张,但用这句话来表达我的感受却非常贴切。我们所受到的影响是潜移默化的,但取得的进步非常明显。"马赫说,和驻校作家的交流是一种幸运,也是对自己的一种鞭策和激励。

后现代戏剧时代，评论何为

颜 榴

一 全媒体时代：无所不在的资讯
与贝克特言说的悖论

二十世纪八十年代后期，爱尔兰裔法语作家萨缪尔·贝克特（Samuel Beckett, 1906—1989）去世之前宣布要写最后一部作品，读者和媒体都在翘首以待这部作品的诞生，以为会产生与《等待戈多》同样的轰动效应。但是贝克特最终拿出的却是一个篇幅很短的小说，名叫《静止的走动》。就小说的题目来看，"静止"与"走动"的并置，是一种人或物质状态的悖论。他这样写道："如此多的存在于他头脑里的所谓喧哗，直到内心深处一无所剩，不过正渐渐弱化，直到结束。"而贝克特的一生，其实揭示的就是交流的不可能性，世界与个体之间相互无意义。

在其作品集《世界与裤子》(已有中译本,湖南文艺出版社出版)里,他反复探讨的主题就是言说的无效。外在世界,在他笔下如同一根不停颤动的舌头,唾沫星四溅,话语纷飞,却从不能落到真正倾听者的耳朵里。贝克特以此展现表面上喧哗的世界每个言说个体的无助;交流的燥热,最终是没有吸收的冷寂。贝克特甚至开玩笑说,上帝造了这么一个世界,却无法为每个人裁剪一条合适的裤子。

无独有偶,六十年代,德国画家格哈德·里希特(Gerhard Richter)开始绘制他独创的照片绘画(Photo-based painting)。他以相片为介质,将粗糙与细致都置于画面中,或是对焦不准,或是曝光过度,所作的具象绘画,表现的却是一片模糊的图景,让人欲言又止。其中最著名的画作,是根据一幅街头被射杀的人物的照片而完成的《1977 年 10 月》,这件事关德国文化记忆的作品被美国纽约现代艺术博物馆收藏,引起世界性关注。相机所拍摄的照片,相反在画家认知的毛玻璃里模糊了。在里希特看来,大量的摄影照片看似没有欺骗,显示了现实的完美形象,但有的时候,我们并不能信任这种现实。这与当今的世界景象何其相似!

贝克特的戏剧作品被中国戏剧人排演,是在二十世纪九十年代早期。而二十世纪末,里希特的作品也一度在中国当代艺术界风靡并被效仿。其实,无论是贝克特还是里希特,早在几十年前就已揭示了我们这个时代的基本景观。今天,我们每个人天天醒来面对的就是各种资讯在流媒体上的汹涌澎湃。人人在手机、电脑、电视这几种接收载体里不停切换,不停点击与翻找,最终却难以真正心平气和下来。人人都在说话(甚至每个人都是一个自媒体),却又陷于困境。其中最大的悖论是两种困境:第一个,转发缺乏原创性的信息,使普遍的道听途说成为一种“叫魂”般的存在;第二个,就是过度阐释,由于没有一种正本清源的过滤机制，事物本身的面目就模糊起来。

　　当今有个词很时髦，叫工具理性。人跟机器的结合，就是工具理性的结果。一系列的机器穿戴装置（包括三维眼镜等，不一而足，似乎武装到了牙齿），使人获得了不断扩展与延伸的视窗，人们慢慢习惯了这个视窗，可我们不禁要问，人在视窗里看这个世界的时候，世界与事物的真相，是离我们更近了还是更远了呢？

　　关于言说的悖论，认识的悖论，甚至全媒体时代的悖论，中国古代哲人老子已用简短的话道破天机："道可道，非常道；名可名，非常名。"全媒体时代，与以前的非全媒体时代的区别，只是以前的媒体垄断在有限的载体上，而现在的载体则给了每一个普通人。

　　能量守恒，事物的本质从没改变，只是形态发生了变化，甚至变异。

二　艾思林的戏剧评论，
与我们的戏剧评论落差在何处

　　英国戏剧理论家马丁·艾思林（Martin Esslin, 1918—2002），是二十世纪西方戏剧评论界最知名的人物。在西方世界，他的重要性在哪里呢？

　　二十世纪上半叶，欧洲的绘画、音乐、诗歌、文学都发生了由古典向现代的巨大转变，并产生了相当复杂的社会影响。但戏剧针对社会的真正影响力，是"二战"之后，也就是二十世纪五十年代才登场的。艾思林的名著《荒诞派戏剧》，敏锐地发现了以贝克特《等待戈多》为标志的一个戏剧群落（其中包括品特、阿达莫夫、尤内斯库、热内这些对现代戏剧产生重大影响的人物）。当人们对剧中破碎的舞台形象、含糊的语言、无逻辑的情节感到不解并斥责为怪异时，1961年，艾思林却把这个群体统称为"荒诞派戏剧"。

是艾思林的慧眼独具，肯定了这种新的戏剧样式具有独创价值。因为它们的出现并非抹杀了古典时代的戏剧成就，而是隐含着某种联结。荒诞派戏剧的最大贡献，是让现代人重新审视自己生存的真实境况。作为一个评论者，艾思林发明了一个理论概念——"荒诞派"，使得此种戏剧作为艺术的一种表达形式，从二十世纪六十年代以后的二十多年里，在西方的风头盖过了绘画、诗歌和音乐的影响力。二十世纪八十年代国内的存在主义哲学热潮，正是通过戏剧抵达我们这里的。比如"他人就是地狱""选择"与"自由"等观念，强化了人们对于现代世界降临后的悲剧性的认识。2005 年，英国作家哈罗德·品特（Harold Pinter, 1930—2008）出人意料地获得了诺贝尔文学奖，这让人们再一次地反刍了荒诞派戏剧，也有力地证明了荒诞派戏剧的影响不仅没有消退，反而绵绵不绝地在全世界广为传递。

艾思林作为评论者的成功，在于他整体把握了西方现代哲学非理性思潮的特点，并通过文学艺术的确认推助了这个潮流。这种现象在其他艺术形式里独一无二。

纵观二十世纪的诸多先锋艺术流派，如未来主义、超现实主义、立体主义等，多由艺术家先发表某种宣言，然后再展现其作品。但是戏剧家贝克特与热内，都从没发表过什么宣言，如果有的话，这些宣言是通过艾思林完成的。这证明了一个评论者的重大作用。

就在艾思林为荒诞派戏剧命名的第二年，中国也首次出现了戏剧观的说法。不过不是由理论家提出，而是来自上海的著名导演黄佐临。黄佐临早年留学英国,得到过大剧作家萧伯纳的指导,后又入剑桥大学研究莎士比亚,到法国参加导演圣丹尼开办的戏剧学馆,还曾去苏联观看戏剧节的演出。回国后,黄佐临在重庆国立戏剧学校任教,以斯坦尼斯拉夫斯基体系作为教案,并排演、拍摄了不少的话剧与电影作品,广博的西方学养为他的作品赢得成功。黄佐临倾情于德国戏剧家布莱希特,1962 年,他在一次座谈会上提出了"写意戏剧观",通过探讨斯坦尼斯拉夫斯基、布莱希特与中国梅兰芳表演之间的异同,寻找三者之间相互融合的可能。此后他所执导的《伽利略传》(1979)和《中国梦》(1987)正是他写意戏剧观的充分体现。随着"文革"以后话剧观众的急剧下降,由黄发轫开始了二十世纪八十年代上半期的戏剧观大讨论。

这场由创作者与评论者参与的讨论,基于创作者首先提出的"写意"的概念。但这个概念本身的模糊性,一度使从事理论研究的人为其语意所困扰,理论家与实践者之间的对垒难分伯仲,最终并没有产生某种定论。不过这场争论的好处在于,它使得中国戏剧人的视野不再封闭,诸如"打破第四堵墙",重视"假定性",不独尊斯坦尼斯拉夫斯基体系,推崇布莱希特的戏剧美学观等新鲜的见解逐个打开,催生了那一时段中国话剧理论与实践短暂的黄金时代。

然而二十世纪八十年代的"戏剧观大讨论"虽然是中国新时期戏剧危机后令人瞩目的景观,但由于参与者理论素养参差不齐,常导致争论各方自说自话,不无狭隘的视角,也往往产生非此即彼的片面观点。尤其当评论者缺乏实践的论断,并不能为创作者所接纳的时候,一次戏剧理论的探讨未能发生持久的影响力。在随后到来的中国市场化的快速崛起中,曾经在先锋戏剧的领地上耕耘并爆发过青春火花的从业人,在缺少有力的戏剧理论支撑的情况下,率先尝到的是商业的甜头。中国话剧，一夜之间高调踏入商业化的进程。

新世纪以来，流媒体大兴，全媒体的格局逐渐形成。影视文化的崛起，带给中国戏剧的，是更大的压迫。清点这二十余年来的戏剧遗产，那些浮躁与喧哗之音之所以很少得到遏制，在于我们从来没有像艾思林这样的理论大家，可以让实践者服膺。此种困境在于中国的评论人不具备艾思林的宏大视野与认识能力，同时缺乏历史性地展示戏剧整体风貌的能力和耐心。

面对这些年只有生态和事实的罗列，缺乏过硬的剖析与论断的"戏剧评论"，创作者每每陶醉在对自我的欣赏中，迎接的是一次次虚幻的成功，即商业飘红就赢了一切，他人无从置喙。

困境依旧是困境，只不过换了一个全新的界面，古老的困惑需要理论家拨开缦纱。然而，撕开表象找出本质的拨纱人在何处呢？

三　彼得·布鲁克访谈录的启示，以及我们戏剧评论突围的方向

英国戏剧大导演彼得·布鲁克在创作之余撰写了多部理论书，从 1968 年所写的《空的空间》（中译本为中国戏剧出版社 1988 年版），到 1994 年的《流动的视点》，1999 年的《时间之线》（中译本为新星出版社 2013 年版），以及 2005 年的《敞开的门：谈表演与戏剧》（中译本为新星出版社 2007 年版），其中第一本《空的空间》已成为现代戏剧理论的经典性读本。与二十世纪几位大导演兼理论家（如俄国的斯坦尼斯拉夫斯基、德国的布莱希特、波兰的格洛托夫斯基）

相比,布鲁克没有打出诸如"心理现实主义""史诗戏剧""贫困戏剧"这样响亮的旗号,却以他对从古至今人类各种戏剧文明的精通而成就了自己精湛的作品形式。多年来,他不断推出的戏剧类作品也总是在不停地刷新着人们的戏剧思维。

2010年,这位现代戏剧之父、后现代戏剧先驱的访谈文本《彼得·布鲁克访谈录:1977—2000》(新星出版社)在中国出版,再次引起国人的关注。事实上,近年来不少现代主义与后现代主义艺术大师都不再推出理论著作,而是留下了不少访谈。《杜尚访谈录》(广西师范大学出版社2001年版)与《我将是你的镜子:安迪·沃霍尔访谈精选1962—1987》(三联书店2007年版)在美术领域,以及《异端的影像(帕索里尼谈话录)》(新星出版社2008年版)在电影界,各自的影响都很大。

这些现代艺术家访谈录的出版给我们的启示在于,以理性建构一个框架的时代结束了,或过时了。艺术大师都在放低身段,以随机的方式透露自己的艺术感觉和主张。美国波普艺术家沃霍尔最喜欢的表达方式就是回答问题,甚至将他的杂志直接命名为《访谈》。可见,这种几近于新闻访谈的说话方式正在成为全球主流,以致口语的方式得到首肯,书写的方式被摒弃。访谈的好处还在于,富有现场感,艺术家离读者更近,他们不再居住于殿堂、书斋或象牙塔,而是来到流动性十足的咖啡馆、酒吧、工作室,与提问者面对面交流。

显然,如今的科技手段极大地拓展了艺术作品的评价方式,使得人与人之间的见面都不需要了,脸书、微信等自媒体让艺术家与受众隔空对话,并不受时间限制。这自然使得评论人的着眼点须更高,不可再固守单一的艺术形式,而是要把握综合性,以跨界和多元的眼光对作品进行考察和定位。

但是，这种考察与定位并非是全然理性的，同时它须加深的是对"游戏"这个词语的理解。我们身处资讯"浮动的盛宴"，戏剧的上演不能总是森然的、高高在上的姿态。对受众而言，看戏有时近似于观赏一场球赛、电影。当然，"游戏"在此并非指"娱乐"。我个人一直反对戏剧的娱乐化，娱乐应该由影视承担。所谓游戏感十足，需要的是创作主体有一种精确到位的辨识能力，即所谓的火眼金睛。在这个消费时代，任何东西都有种时效性，如何深刻认识游戏这个词是个大题目。从前，贝尔说艺术是有意味的形式；现在这个"意味"指的就是游戏的形式，从创意、编剧到表演多个层面的解读，对评论者提出了更高的要求。

同时还必须认识到资讯的必要性。以前的戏剧评论都受制于理论框架、学术严谨的要求，显得面容严肃，现在的戏剧评论，却需要换一种腔调，开一扇新门。评论者不必表达复杂的构成，那种技术分析现在已不具备任何对读者与观众的吸引力，因为文本本身的吸引力在图像时代已经弱化，而要适当加入稍带娱乐精神的资讯，为的是给观众以代入感。其实，这是当代世界对戏剧评论索要的一种"新感性"，如今不少西方思想大师的著作都在做这种感性的尝试。跨界与综合，是方向与潮流，我们又怎能视而不见呢？

四　庖丁解牛，戏剧评论的自我刷新

中国古代思想家庄子所写的庖丁解牛的故事广为人知。这个故事的核心点在于解牛的过程一是要准确，二是要快速。全媒体时代，技术在驱赶人前行,互联网上时时滚动的刷新功能,手机从 2G 到 3G、4G 的更新换代等,都催促着评论写作者也不得不充当庖丁。

庖丁解牛指的是,为了把牛解好,我们必须熟悉牛的结构和构造,否则就常常容易陷入几种误区。第一种就是,本来想解"牛",但实际上杀了一头"猪"。比如说一件事的时候,没有对准焦距,没有说"牛"的事,而是说"猪"的事。这便将概念性词语笼罩在文章中,其实是偷换了概念。第二种情况,抓到"牛",但说的是"牛的影子",也就是明明可以说作品本身,却用概念套它,为拔高或贬低作品,势必要把某个美学名称套到作品上去。这似乎可以显示出作者的理论功底,但是用概念套作品,有牵强附会之嫌,不自觉地落入教条主义的窠臼。第三种情况,是解"牛"的"八卦"。比如一些戏剧的推出,时常以明星演员作为卖点,这本无可厚非,添加一些趣味性的资讯吸引观众也可理解,但笔墨一定要适当,不可一叶障目,本末倒置。比如这几年北京上演的《喜剧的忧伤》,诸多评论关注的是陈道明这个明星。他怎么转身,怎么摆造型成了媒体津津乐道的话题,而这并不是戏剧最主要的东西。戏剧的核心在此被肢解,产生了失焦与漂移。

好作品,需要准确而快速的传诵者。这样讲来,并不是盲从技术革命,但技术的影响是不容忽视的。网页不更新就会被称作僵尸网而失去点击量,微博、微信不更新就会失去粉丝。每个人都在不停地刷新,戏剧评论人也要刷新。上面批判工具理性本身也存在悖论,就像现代人更愿意坐高铁而不愿坐牛车一样,是世界的流动性倒逼,造就了流媒体时代。流动性的困境,是艾思林那代学者与评论家都没遇到的问题,但我们遇到了。它意味着我们面临着比艾思林还要大的困境。这就需要突围,自我的大脑必须刷新。在戏剧的影响力日渐弱化的当下,评论者在人人言说的环境里如何突围,真正完成对戏剧的高妙解读,是一种紧迫的要求。

在我看来,当下合格的戏剧批评,首先,要建立在对"后现代"这个称谓的理解之上。如果说现代主义是一种对传统艺术的颠覆和破坏的话,"后现代"其实是一种隐秘的整合。这个整合是通过不同艺术区域的跨界、链接改变着戏剧的面目。在后现代艺术里,通常会出现一种我们称之为"暧昧"的状况,有时让人难以分清它究竟还是不是戏剧。但这就是后现代艺术的特征。如果强行以传统的认知方式去解读后现代作品的话,其结果必定是事倍功半的。用一个时髦的词来说,后现代戏剧就是"转基因"戏剧,这不仅是一种美学潮流,还是在科技与资本的双重压迫下必须做出的美学嬗变。其次,在这个资讯逼空思想的书写状态下,增加戏剧评论里的知识点变得十分迫切。因为观众或读者都是从这个点生发兴趣,才找到通向核心的道路的。以往戏剧评论里那些注重线性和块面的评论,显然正在逐步地被受众忽略。这里面要分层解析。线性与块面性的评论,是给专家和学者去观看的,而流媒体的主体却是朝向大众的。它是金字塔式的结构,点状评论在金字塔的底部,线性与块面性的评论,属于塔尖部众。再次,关于评论的文风。如今,有趣的言说已成为一种必须。太多的资讯堆积如山,如何让读者眼前一亮考验着作者的能力。当然我在这里并不提倡"标题党",以花哨与哗众取宠作为吸引人的手段。那种聪明而又到位的言说,俏皮而活泼的态度,甚至麻辣一点的文风,更合时代的口味。此外更重要的是,这种生动文风恰恰需要一种严肃的学风作为支撑。这二者有机地结合,才会造就好的戏剧评论。

"十年磨剑"的得与失

——由话剧《玩家》引发的思索

胡　薇

　　作为北京人艺 2016 年唯一的一部原创大戏,话剧《玩家》围绕一件元青花的几次归属,伴随着对当下世道人心的喟叹和针砭,尽显世态炎凉和人生况味。剧本创作万经十年、数易其稿,全剧故事完整、情节清晰,兼具故事性和趣味性,不乏精彩的段落,经由表导演二度创作丰富后,更是主打怀旧氛围,充盈着对老北京风情的怀念,现场效果颇佳,可算是近年北京人艺原创"京味儿"戏里面的一部精品。

　　从全剧选取的素材和内容来说,作品有文化、有品位、有看头,力图透过几代玩家几十年的生活经历、各个阶层各种类型人物的心路历程,以人物来反映时代的变迁、城市的变化以及中国人整体性精神面貌的改变等。加之剧作者刘一达对收藏及行内人的行为、处事原则、行业知识等都极为熟悉,具有深厚的生活基础和专业知识,经过对玩家生活的反复筛选和提炼,赋予了作品超越玩家及收藏本身的内蕴。尤为难得的是,在过度注重外在形式和包装的当下,全剧丝毫没有虚张声势、剑走偏锋，而是按照传统的创作方式，有目的地规划全局，老老实实地讲述了一个完整的故事，并在一度创作和二度创作整体合一的高度配合之下，呼唤返璞归真，发现物质之外的精神，成为全剧的核心所在。因此，全剧最后的落点聚焦于真和真情，既表达了创作者自身的态度，也完成了一次对老北京人情、沿革的深情回望，对一些时代节点以及身处其中的人的疯狂行为，加以展现、调侃以及善意的嘲讽和批判，生动而又不乏反省的意味。

同时，全剧还融合了多种元素，比如怀旧、时代的变迁、北京人的"局气"（仗义、守规矩）和玩家的自我救赎等。在剧情的不断发展中，和光同尘、知白守黑的人生境界在观众面前逐渐清晰了起来；从靳、林两位老玩家斗了一辈子的过程中，展现对于输赢不重在一时的人生智慧与豁达，同时也昭示着中国人所特有的人生感慨与无奈。为此，全剧选取了群像式的创作方式，对不同阶层、不同类型的人物，统以类型化的创作方法加以归纳演绎，运用特殊的设定和表现，把玩家所特有的共性、不同状态及所处的不同阶段，通过时代、事件、细节和人物的具体表现，透视人物及阶层的特点。群戏写好不易，于群戏中让各个人物都能够有自己的闪光点而又在团队中不显突兀，就特别需要主创团队整体的功力以及创作团队整体的默契配合。而全剧表导演二度创作对于剧作的配合，无论是从立意到表现手段、叙事方式，整体处理得都较为成熟，成为全剧赢得良好现场效果的主因之一。

以《茶馆》式的创作方式，折射整个世道人心的变化和成长轨迹、完成玩家"玩而不贪"的境界所传达的创作主旨，令全剧在兼具时代感和现实意义的同时，拥有着良好的文学基础。这无疑也是由于编剧刘一达身为资深"京味儿"作家，早在 2006 年创作话剧《玩家》之前,业已完成了一系列老北京题材的文学作品,文学创作功底可谓深厚。文学性往往是一部好戏的基础,但从"京味儿"作家到"京味儿"剧作家,其间的曲折、艰辛与磨难,可谓冷暖自知。

十年来,刘一达投入了大量的心血对剧本进行创作和修改,令其与舞台越来越近。但是,在此消彼长的磨合中,可谓是利弊共存。尤其是作为剧坛新兵的创作者,在对各方的意见都要听取、各种要求和建议都要烩入一锅的过程中,难免初心磨损、焦点偏移。戏剧需要集中和凝练,但同样更需要整一和有机。比如,靳、林之间的恩怨和前史等,在原来的数稿中都曾存在,只是在删改中逐渐被遗落、被缩减,导致了一些令观众感觉迷惘的地方出现。

此外,在创作初期不谙戏剧与小说之间的差异性,也是导致剧本需要不断修改的重要原因。小说是戏剧的基础,但小说却不等同于戏剧。戏剧文学的特殊性即剧场性,尤其应被戏剧的创作者们所关注。戏剧作品的剧场属性,对于时间、空间的限制和制约,都意味着一部戏剧作品不是有了深刻的内涵、纯净的内核、人物的真情、高端的品格或是深邃的思想,就一定可以获得成功。作为时间和空间艺术的戏剧,舞台无情地限制着创作者施展才华的空间和方式,令戏剧创作不能如小说创作一样恣意挥洒,必须严格遵循戏剧的规则,戴着这副镣铐逐渐舞出自我的风格。即使是老到的剧作家,即使是莎士比亚,也没有包治百病的技巧秘方,面对一个新戏,依然会面临全新的困境和难题,每创作一部新戏,实际也是对剧作家的一次全新挑战。

刘一达对于自己的第一部话剧作品可谓呕心沥血。《玩家》的第一稿剧本约有七八万字,十年后删改到三万多字,演出三个多小时,但剧本中想要表现的内容仍然过多,导致了全剧整体布局的失衡。

　　首先,是剧作结构的失衡。比如,上半场和下半场的比重就严重失调。下半场的整体节奏明显比上半场更为流畅,而上半场铺垫过多、比较繁杂,整体上交代性的戏、表现人物状态性的戏偏多,还需进行大幅度的缩减,收紧线头重新编织,如能代之以回溯式的表达,或许会是一种有意义的尝试。

　　其次,是剧作中角色戏份的失衡。全剧的重心和落点,未落在核心人物身上,必然导致戏剧焦点的偏移。全剧将语言作为核心元素,通过语言体现时代感和人物的新变化等,如散琼碎玉般不断闪现出语言的光彩。然而语言的亮点,毕竟无法弥补整体结构的欠缺,在通过演员们使出浑身解数,力图丰富自己所塑造的角色而成就了现场良好演出效果的同时,也令人深感缺乏戏剧性和动作性的支点,语言陷入"逗贫"的困境。

　　而全剧最大的问题,还是在于所有的戏对于靳伯安自身并未构成危机,于是他在剧中也缺少了行动。在全剧中,他一直高高在上,只是讲故事、出主意,并没有实际地参与到整体的戏剧动作当中来。他周围的人都在行动,危机却只是通过齐放等人投射到他身上。这就不像《茶馆》中的王利发为了生存,各种努力甚至挣扎,其贯穿的目的和动机都极为明晰和强烈——把自己的这间茶馆经营下去、自身能生存下去。靳伯安没有这样的危机,所以他的戏与主线无法产生共振,角色就必然游离和淹没在群戏当中。反而是齐放所有的行动都围绕着元青花,不论是设法保住元青花,还是去了解、追踪、赎回元青花,他一直都在积极行动着。作为新一代北京玩家的正面代表,齐放不惜倾家荡产也不吝于一掷千金兑现多年前的承诺,通过他的喜怒哀乐,尽显老北京的"局气"和古玩行中的沟壑。而作为核心人物的靳伯安却迟迟没有作为、缺少行动,显然,剧作还没有完全找到符合人物自身逻辑的、合情合理的戏剧行动和戏剧场面,因此也缺少了核心性的段落设计。而且,主要人物之间的关系衔接也不够紧密。靳伯安多是谈谈、讲讲,围绕人物之间的相互关系变化和展开都不够。如对于靳二鹏、娟子与靳伯安的人物关系的处理就过于简单,其他角色的戏剧性的变化也不够充分,对于周边人物功能性的运用亦显不足,以致人物的上下场都略显随意。

以《茶馆》的这种叙事策略进行创作,好处是利于群像展示,但它也有自身的要求——要让一群人和而不同,就必须把一个一个角色都塑造扎实,令其拥有丰富的内在;更何况,《茶馆》的形式与结构,尤其需要人物命运起伏跌宕的丰富来支撑,只有当每一个角色的塑造都极为准确、精到并且特色鲜明,才不会被淹没在群像当中。如果角色内在的戏剧支点和着力点缺失,把角色们结合在一起的"合影",必然也将是温吞乏力的。

作为小说高手,刘一达在创作中把故事讲得有声有色,颇富传奇色彩。但是,故事性同样不能等同和替代戏剧性,仅仅借助于故事,是无法形成有力的行动和大事件的。而是应以元青花为线索,勾连起所有的人物和关系,把氛围感、玩家的精神实质渲染得更为浓郁,把戏剧的重点集中在主要人物和他们之间的情感关系上,将状态戏升级为真正有用的事件,与人物的情感关联起来。比如在开场的部分,连续出现的被作者赋予了功用的小事,被用来展示人物的眼力和人情世故,让人物纷纷登场亮相,勾连起过去与现在的生活。故事讲得草蛇灰线、步步为营,作为戏剧来说,这样的铺垫过多,却让开场变得拖沓和过于状态化,缺少了行动的推进;而且,也未成为事件得以影响人物行动和后戏的走向,达到"滚雪球"式的效用。因此,还需要遵循戏剧规则,让各方围绕着主要事件扭结起来,摆脱静止的状态。

尤其是从第二幕起,后面的戏进行得较快,以至于观众更多地关注故事而非人物及全剧的本质内涵。毕竟,戏剧的强项不在于讲故事,不在于铺叙,而在于情感的集中。因此,从目前看来,全剧在整体上还是略嫌散乱,应以结构的调整逼使人物主动地去行动,让他们和事件真正地纠结起来。显然,戏剧观不会满足于观看一出像欧·亨利小说一样,侧重于揭开一个个谜底的大戏,而是需要剧作家带给他们更多的思索和心灵上的撞击。

总之,戏剧创作极为不易,初涉剧坛就能收获如今的剧场效果,已是殊为难得。当然,这很大程度上也是因为在导演任鸣带领下的人艺创作团队,以他们历练多年的舞台创作功力作为有力的支撑。导演任鸣力图融合写意与写实,在时光的跨越、环境的变换中,展现世道人心的变迁,在台上重现老北京的人情世故和古都几十年的风雨沧桑。尤其是,他把高潮延宕至最后,经过之前的蓄势,把靳伯安挥杖砸瓶的一刻作为了人物情感和事件的高潮点,不仅增加了戏剧性,放大了戏剧效果,而且道出了真玩家所应坚守的精神实质。

十年磨一戏,苦心可鉴,这种踏实创作的企图心也尤其值得尊敬。但若能以此为契机,为下一轮的演出重新打磨,并在不断的排演中提升主创团队整体的创作状态,磨出好戏、磨成经典,才算真正修成了正果。

绘画与生活

——梅兰芳手势艺术提升的他山之石

俞丽伟

清乾嘉黄旛绰《梨园原》云："手为势,凡形容各种情状,全赖以手指示。"①戏曲表演的五法中,手法常常是排在第一位的。梅兰芳对京剧的贡献之一是极大地延伸了旦角手势的审美特征和表意功能,使手的表演艺术极其丰富,形态各异,见微知著。追求中国传统美学境界,在梅派剧目表演中起着相当重要的作用,是梅兰芳表演的一大特色,在二十世纪三十年代成为领先世界的艺术代表。

对梅兰芳手的关注始于梅兰芳访美、访苏之后,从西方到东方的回流评介。旅美华人唐德刚提及梅兰芳在美国的影响:"兰芳的艳名,这次是从极东传到极西的。这时他又成了纽约女孩们爱慕的对

---

① 中国戏曲研究院编:《中国古典戏曲论著集成》(第九卷),北京:中国戏剧出版社,1959年,第21页。

象。她们入迷最深的则是梅君的手指。"①苏联戏剧家梅耶荷德在
1935 年一次座谈会中发言："同志们,可以直率地说,看过梅兰芳的
表演,再到我们的剧院去走一遭之后,你们就会说,是否可以把我们
所有演员的手都砍去得了,因为它们毫无用途。"②

　　梅兰芳的手势艺术受到各国人民关注,其背后的根源值得思考。
同时,考察一门艺术的来源是艺术创作的基础,也是艺术生成的重要
环节。梅兰芳手势的生成是在继承前辈旦角手势的基础上发展起来
的,同时和他常常留心中国绘画作品与生活世界有着密切关联,当然
也渗透了梅兰芳的艺术加工和艰苦训练。

一　中国绘画

　　梅兰芳说:"凡是一个艺术工作者,都有提高自己的愿望,这就要
去接触那最好的艺术品。"③梅兰芳提升手势艺术感受力的渠道之一
是中国绘画艺术。他曾回忆:

　　　　一九一五年左右,内务部把沈阳故宫和热河行宫的藏品
　　运来北京古物陈列所开放展览,一九二五年北京故宫全部开

---

　　① 唐德刚:《梅兰芳传稿》,《五十年代的尘埃》,北京:中国工人出版社,2008 年,第
43 页。
　　② 童道明:《外国人看梅兰芳的"手"》,《北京戏剧报》1982 年第 44 期。
　　③ 梅兰芳口述,许姬传、许源来、朱家溍整理:《舞台生活四十年——梅兰芳回忆录》
(下),北京:团结出版社,2006 年,第 471 页。

放，在这十年里，我大开眼界，看到唐、宋、元、明、清许多名画，我觉得不存在懂不懂的问题，好和不好是比出来的，好的当中还有更好的，也是不比不知道，所以必须多看，多接受好的感染，就会使自己演的戏长份。我的意思并不是说演员必须学画，而是要多看，提高欣赏水平审美标准。譬如说，唐代大书法家张旭，善草书，看到公孙大娘舞西河剑器，自此草书大长进，人称草圣。我们戏曲演员应该懂这个道理。①

中国敦煌壁画中文殊菩萨像、观音菩萨像、那罗延天像，东晋顾恺之《洛神赋图》，唐代张萱《捣练图》《虢国夫人游春图》，唐代周昉《内人双陆图》《簪花仕女图》《挥扇仕女图》《调琴啜茗图》，唐代佚名《弈棋仕女图》《女孝经图》《千秋绝艳图》，唐代吴道子《送子天王图》，南唐顾闳中《韩熙载夜宴图》，清代改琦《惜花图》等画中人物的手势姿态各异，含韵传神。如洛神有东晋之风，秀骨清像，古朴典雅，浪漫飘逸，而唐代张萱、周昉等仕女图又呈现唐代宫廷女子或贵族妇女的丰肥雍容、从容悠闲、富贵娇庸之态。以上佛教画、仕女图都是所属朝代的美术艺术精华，可给予其他门类艺术家创作上的启迪。罗丹说："美是到处都有的，对于我们的眼睛，不是缺少美，而是缺少发现。"②梅兰芳吸收绘画艺术，临摹精美画作，既是在发现美、寻找美的过程中延展个人的审美范畴，同时借鉴绘画的养分滋养戏曲的创作。

---

① 秦华生、卢佩民主编：《梅兰芳藏名家书画集》，北京：知识产权出版社，2013年，第1页。
② 罗丹口述，葛塞尔记：《罗丹艺术论》，沈琪译，北京：人民美术出版社，1978年，第58页。

　　1915 年前后，梅兰芳交往的朋友中有古代名画的收藏者，也有书画名家。他受其影响，开始学习绘画，更何况梅家有藏画和绘画的传统。梅家藏有"扬州八怪"之首金农之《乞饭僧》，人物山水名家翟继昌之《侍女梅花》，仕女画代表改琦之《仕女》、胡锡珪之《梅花仕女图》，佛像大家倪田之《无量寿佛》，戏曲人物画家沈容圃之《虹霓关》《群英会》《思志诚》《同光十三绝》等名画。梅兰芳说："空闲时候，我就把家里存着的一些画稿、画谱寻出来（我祖父和父亲都能画几笔，所以有这些东西），不时地加以临摹。"①梅兰芳明白，仅临摹还远远不够，还需要请教绘画大师，观察其运笔、布局、敷彩等。他师从王梦白，与齐白石、陈师曾、金拱北、姚茫父、汪蔼士、陈半丁等名画家多有来往，得到他们的现场指点和赠画。除了前几位，还有吴昌硕、黄宾虹、张大千、徐悲鸿、丰子恺、金城、何香凝、陈衡恪、叶恭绰等一百多位书画家赠予梅兰芳二百余幅书画作品。赠画之人几乎囊括了晚清民国最为知名的中国画家。印度现代最杰出的画家、孟加拉画派最重要的画家之一南达拉尔·鲍斯（Nandalal Bose）看过梅兰芳的演出后，为其创作画作《洛神》，福地信世、佐藤大宽、宽天、八代目、小室翠云等日本画家也纷纷向梅兰芳赠画。晚清民国海派绘画大家吴昌硕赠《墨梅》给梅兰芳，上有于右任的题诗：

　　　　辉映人天玉照堂，嫩寒春晓试新妆。
　　　　蟠蟠国老多情甚，嚼墨犹矜肺腑香。

---

　　① 梅兰芳口述，许姬传、许源来、朱家溍整理：《舞台生活四十年——梅兰芳回忆录》（下），第 461 页。

齐白石在赠梅兰芳的《豆角蟋蟀》画上题诗：

> 记得先朝享太平，布衣尊贵动公卿。
> 如今沦落长安市，幸有梅郎识姓名。

画家们对梅兰芳的喜爱可见一斑。据《梅兰芳藏名家书画集》记载，梅家所藏人物画三十七幅，花鸟画九十六幅，山水画三十三幅，书法九十四幅，共计二百六十幅书画。戏曲艺术家能够跨界收藏如此众多的名家书画精品，已是相当可观，促使梅兰芳更加近距离地学习、观摩绘画艺术。

观摩经典绘画是提高艺术修养的重要途径。画家在进行人物绘画时，格外注重手的描摹。手是一种特殊的语言符号，既可以持物，也能传递人物的身份、性格、心情，从而实现表意功能。同时手势千变万化，提供艺术符号生成的多种可能性，可以唤起不同意象，是画家进行人物创作的重要素材。

譬如《韩熙载夜宴图》，启功云：

> "画人难画手"，古有名言。画家在这里不但把手画得那样好，而且借着各人的手，更好地写出他们内心的倾向。韩熙载的手松懒不经意地垂着，和他眼神的向前凝注是相应的；郎粲的左手紧抓住膝盖，保持身体重心的平衡，也衬出注意力的集中；李嘉明的右手扶着掀起袍袖的左腕，似乎正作随时可以伸出手来指点的那样跃跃欲试的准备。在这段当中，偏偏写一个不用眼看而侧耳细听的人，也许即是朱铣吧？他两手叉起，表现了耳朵用力的专

一,由于这一个人倾听,也就指明全场人在听觉上的共同注意。①

梅家藏画齐白石《豆角蟋蟀》,[清]胡锡珪《梅花仕女图》,徐悲鸿《天女散花》

梅家藏画[清]沈容圃《同光十三绝》

---

①　启功:《启功谈中国名画》,北京:中华书局,2012 年,第 10 页。

　　梅兰芳绘画较多的题材是佛像、仕女,在观摩欣赏中国绘画的基础上,将手势的画法与戏曲紧密结合。概其要点有三:一是人物一定要传神。传神的目的是实现艺术作品的"美"。法国艺术评论家乔治·摩尔云:"艺术的使命不是表达真理而是表现美。"①罗丹认为,"美,就是性格和表现。而且,'自然'中任何东西都比不上人体更有性格。人体,由于它的力,或者由于它的美,可以唤起种种不同的意象。"②"传神"即实现了人体表现性格特征的意象之美,因此,传神与美是相携相行。梅认为,"凡是名画家作品,他总是能够从一个人千变万化的神情姿态中,在顷刻间抓住那最鲜明的一刹那,收入笔端。画人最讲'传神',画法以'气韵生动'为第一。"③此一说法与法国艺术家布列松提出的"决定性瞬间"有异曲同工之妙,"传神"即达到艺术的真实,不必纯写实。梅兰芳爱画仕女画,仕女画是关于女性的艺术,手势和眼神往往是仕女画传神的重要载体。正如启功评价唐代张萱的《捣练图》,"'画人难画手'这句名谚,在这卷里却不适用了。只看全画中各个不同动作着的手,都那么真实、那么美,不但表现了那一只手的动作,而且还表现了全身甚至内心的活动。例如第四人挽袖下垂的手指,有意无意的松张,和她脸上的神情是有着密切呼应的"。④

　　擅长画贵族妇女的唐代周昉的画《内人双陆图》极为传神,两位贵族女子一人拇指食指轻持棋子,其他三指微微弯曲,目光专注于棋

　　① 乔治·摩尔:《十九世纪绘画艺术》,孙宜学译,北京:中国人民大学出版社,2003年,第120页。
　　② 罗丹口述,葛塞尔记:《罗丹艺术论》,第58页。
　　③ 梅兰芳口述,许姬传、许源来、朱家溍整理:《舞台生活四十年——梅兰芳回忆录》(下),第470页。
　　④ 启功:《启功谈中国名画》,第68页。

[唐]张萱《捣练图》的手部各图

子,另一人纤纤玉手高高抬起,眼神斜视对面女子,仿佛胸有成竹,只
待对方出棋。画虽静,亦不静,有暗流涌动,两人下棋时的雍容、专注
和紧张情境表露无遗。《广川画跋·书周昉西施图》云:"若昉之于
画,不特取其丽也,正以使行者犹可意色得之,更觉神明顿异。"①二
是民族美学的结构特点。国画与戏曲之间存在民族美学的同一性,
梅兰芳将其概括为:"中国画里那种虚与实、简与繁、疏与密的关系,
和戏曲舞台的构图是有密切联系的,这是我们民族的对美的一种艺
术趣味和欣赏习惯。正因为这样,我们从事戏曲工作的人,钻研绘
画,可以提高自己的艺术修养,变换气质,从画中吸取养料,运用到戏
曲舞台艺术中去。"②单从手势分析,仕女画中手的位置高低,藏露与
否,指法造型,手部姿态与人物眼神、身段、情境的协调配合等均可反
映出国画的美学视角。《内人双陆图》中下棋的两个贵族女子的手丰
韵细致,刻画传神,而后面兴致勃勃观棋的两个侍女的手则完全遮在
衣袖中了。画面的主体是坐在前面下棋的两位贵族妇人,即使二人
为主体,手势的虚实也有分别,执棋子之手为实,非持棋手或隐于身

---

① 　王宗英:《中国仕女画艺术史》,南京:东南大学出版社,2009 年,第 39 页。

② 　梅兰芳口述,许姬传、许源来、朱家溍整理:《舞台生活四十年——梅兰芳回忆录》
(下),第 470 页。

侧,或轻搭腿上。显然,贵族妇人的手之实与侍女的手之虚形成对照,持棋之实与非持棋之虚亦形成对照;贵族妇女在前与侍女在后又形成视觉的纵深角度;贵族妇女坐姿与侍女站姿形成空间维度;贵族妇女浓烈的朱红色服饰,艳而不俗,与后面侍女浅褐色的质朴衣裙形成繁简色彩差异;对弈的贵族妇女有棋桌相隔,暗自较量的情态从手势与眼神中流淌出来,与后面亲密倚靠站着观棋的两位侍女形成鲜明的疏密关系。

[唐]周昉《内人双陆图》局部

[唐]佚名《弈棋仕女图》

唐代佚名《弈棋仕女图》中手的特写就更有特色了,修长丰润的食指和中指的指尖夹起棋子,余指微弯,手势美、雅、逸俱全。唐代张萱《捣练图》中侍女捣练、缝纫、熨烫、煽火是活泼健康的劳动侍女的手势群像。疏密繁简,意在笔先,中国戏曲旦行手势表演的确可从绘画中寻到共通的美学因子。三是继承与创新的关系。梅兰芳在绘画学习基础上深刻体会"绘画艺术与戏曲艺术一样,都共同有一个继承传统,发展创造的问题,既要继承又要发展,既要认真向前人学习,又要大胆创造革新"。[①] 唐代张萱继承前人阎立本的古雅大气,而增加柔和艳丽的世俗色,而周昉早年画学张萱,在张的基础上更大胆使用明亮的朱红色等。梅兰芳也是在继承前人戏曲表演艺术的基础上,再开创新的表演手段,即使从绘画中借鉴和吸收,也不能生搬硬套。梅兰芳云:"画家能表现的,有许多是演员在舞台上演不出来的,我们能演出来的,有的也是画家画不出来的。我们只能略师其意,不能舍己之长。"[②]

① 梅兰芳口述,许姬传、许源来、朱家潜整理:《舞台生活四十年——梅兰芳回忆录》(下),第 466 页。

② 同上,第 470 页。

　　年画是中国百姓喜闻乐见的民间绘画艺术,梅兰芳在传统经典国画之外,从小对年画,特别是戏曲年画耳濡目染,年画中的人物手势生动鲜活,可资借鉴。

　　艺术创作离不开知行合一,只有将视觉的艺术感受力转化为艺术创作实践活动,才能将艺术家的理论素养转化为艺术作品。梅兰芳说:"我从学画佛像、美人以后,注意到各种图画当中,有许多形象可以运用到戏剧里面去,于是我就试着来摸索。一步一步研究的结果,居然从理想慢慢地走到了实验。"①代表剧目《嫦娥奔月》《黛玉葬花》《天女散花》是梅兰芳将理论素养从理想变为现实的最佳佐证。

清代年画《盗仙草》,天津杨柳青　　　清代年画《游春仕女图》,天津杨柳青

---

　　①　梅兰芳口述,许姬传、许源来、朱家溍整理:《舞台生活四十年——梅兰芳回忆录》(下),第474页。

二　生活世界

　　生活是艺术创作的源泉之一，美学家叶朗认为："'生活世界'是有生命的世界，是人活于其中的世界，是人与万物一体的世界，是充满了意味和情趣的世界。"①日常生活相对单调和重复，需要审美主体在审美意识的支配下发现"充满意味和情趣的世界"，否则生活百态就如过眼烟云，不留痕迹。梅兰芳的绘画老师陈师曾是一位观察生活的高手，他画跑旱船、卖切糕、水果挑、拉洋车、天桥杂技等北京风俗画，均是在观察生活、体验生活的基础上完成，因此他的国画饱含浓浓的生活气息和愤世嫉俗的气氛，具有典型的陈氏风格。普通民众题材进入画家的视野，是画家敏锐的观察力和思考力共同作用的结果，梅兰芳回忆他的绘画启蒙老师王梦白先生如何观察生活时说："记得有一次我们许多人去游香山，我们只是游山玩景而已，而王先生却不然，他每到一处，不论近览远眺，山水草木，都要凝神流连，有时捉过一只螳螂或是蝈蝈，在一旁反复端详。这种对生活现象的仔细观察，不断通过生活的观察，来积累创作素材，我想是值得戏曲演员参考的。"②显然，观察生活是艺术工作者的重要习惯。就兰花指而言，梅兰芳云："戏曲舞台上旦角的表演艺术，大部分是男演员创造出来的。前辈们在琢磨女子的生活方式和形态动作方面，长期地

---

①　叶朗：《美学原理》，北京：北京大学出版社，2009 年，第 203 页。
②　梅兰芳口述，许姬传、许源来、朱家溍整理：《舞台生活四十年——梅兰芳回忆录》（下），第 462 页。

刻苦地下功夫钻研,仅仅在手势上就给我们留下了许多美好动人的式样,这是可贵的遗产。""舞台上各种手势,都是从生活里来的,经过艺术加工后,则其形象较之生活显得夸张而美化,使观众看得清楚美丽。"①梅所言包含三层涵义:第一层,旦行手势是前辈男演员留下的可贵遗产,数量丰富,应珍视和继承传统。第二层,要善于发现生活中的审美意象,感受审美氛围和诗意。此一层需要审美主体对审美客体敏锐的、历史的、人文的情怀关照。泰纳在《艺术哲学》中指出:"现实本身,不管是人,是动物,是植物……都有存在的意义;只要了解现实,就会爱好现实,看了觉得愉快。"②第三层,审美客体要适应传播媒介的特征,经过审美主体的艺术加工后,以满足媒介、艺术作品和观众的三重需要。简言之,即生活美的意象的再加工应适于戏曲舞台、人物剧情和观众欣赏的基准。

　　"夸张而美化"的生活,目的是"使观众看得清楚美丽"。"清楚"是因为戏曲舞台上演员数量总抵不过台下看戏的观众人数,戏曲舞台与后排观众、楼上观众的距离之远,舞台之大于演员之小,戏曲演员的手势表演要略显夸张、以便看得清楚。"美丽"不仅是形式上的美,更是梅兰芳所追求的美的氛围,使观赏者得到极大的美感和心灵的愉悦。《贵妃醉酒》中梅执酒杯,轻拈金扇,攀花折花等手势已烘托出贵妃雍容中的惆怅,华美中的怨恨,观众可以深深地感受到一位曾深得宠爱的贵妃突然受到冷落后那种无限寂寥的心境。《游园惊梦》梅唱道"荼蘼外烟丝醉软"时,用手势外指式。食指向外伸直,拇指轻按中指第一关节处,余指微弯,描绘出杜丽娘看到满园春色,牡丹盛

---

① 傅谨主编:《梅兰芳全集》(第二卷),北京:中国戏剧出版社,2016 年,第 402—403 页。

② 泰纳:《艺术哲学》,傅雷译,天津:天津社会科学院出版社,2007 年,第 33 页。

开,外面的花儿尚且如此怒放,我怎么还锁在幽闺之中的图景,渲染出少女渴望爱情世界的美好意象。因此,"美丽"是一种具有美的氛围的美感体验,使观众自然而然沉浸其中。

《贵妃醉酒》手势　　　　《天女散花》手势　　　　《虹霓关》手势

三　艺术加工与勤学苦练

梅兰芳手势如何在生活题材的基础上实现"夸张而美化",背后显然凝结了梅兰芳的艺术思考和大量实践。《宇宙锋》中赵女装疯去抓其父赵高的胡子,梅兰芳的手势处理是采用兰花指,只揪了几根,就已经令赵高疼得直喊"哎呀"。他没有纯生活化的大把抓胡子,这样处理就避免简单将装疯赵女变成泼妇,赵女毕竟也是官宦家千金,疯而不粗野。兰花指揪了几根与赵高哇哇大叫形成鲜明的对照,可谓疯中带美。

梅兰芳饰演《宇宙锋》中赵女装疯

　　手势美化的过程往往不是一蹴而就,梅兰芳经过观察、揣摩、学习、美化、练习、检验、修改、练习等艰苦的手势训练过程和艺术加工,才创造出美妙的手势艺术。美国戏剧评论家斯达克·杨评价:"他那双遐迩闻名的手同普蒂彻利、西蒙·马蒂尼和其他十五世纪画家笔下的手奇妙地相似……而且受到中国演员的艺术规范和舞蹈的令人难以置信的严格训练。"①苏联舞蹈家乌兰诺娃专门观察了梅兰芳日常状态的手,并无大异。因此她认为:"是勤学苦练的结果,外加惊人的天才和民族戏曲的悠久传统。"②仅举一例,梅兰芳《贵妃醉酒》中攀花折花的手势便经过一番艰苦的改造:

————————

① 梅绍武:《父亲梅兰芳》(上),北京:文化艺术出版社,2015年,第72页。
② 同上。

　　这几个手势，我在舞台上演了若干次才逐渐得心应手，与生活紧密结合起来。

　　左右闻花的身段，首先是心里要有花，通过眼睛看到它，然后走到假设的花盆边蹲身下去，慢慢地用手把花枝攀起来凑到鼻子上闻嗅，这种虚拟动作比较难做。记得初改的时候，我的几位懂戏的朋友拥护我这种改革。他们在前台看过戏后，认为还不够清楚细致，因为这种新加的身段，在观众眼里是比较陌生的，需要加工。我就深入地琢磨这几个手势，以后演出时就一次比一次进步。我当年养些花，有一些生活经验，知道花枝的性格，所以攀过来，闻后弹回去，都显出有分量。

　　朋友们又提出意见，认为两面都隔着水袖去攀花，看不到手不过瘾，而且雷同。我根据他们的意见，又作了修改。左边用水袖，右边露出手来做，这样手的动作就起了变化，又避免了重复。在 1955 年我拍摄舞台艺术纪录片时，导演和我商量：露手攀花的身段做完后，可否折下这枝花来，似乎更能表达杨贵妃当时心里的怨恨和空虚。我很同意他的建议，就在拍摄这个镜头时按照他的意思修改了这个身段，闻完花折断花枝，站起来朝后退几步，把花往身后一扔。以后我在舞台上演出时，也照这样做，觉得在刻画杨贵妃的性格方面更深刻些。①

---

　　①　傅谨主编：《梅兰芳全集》（第二卷），第 404—405 页。

攀花　　　　　　　观花　　　　　　　闻花

折花　　　　　　　再折花　　　　　　折后再闻花

起身仍看花　　　　起身醉意再闻花　　　向身后扔花

　　上述文字和图片十分鲜明地印证了梅兰芳手势艺术加工的曲折过程。通过杨贵妃攀花、折花、扔花的演变,可以探寻梅兰芳手势革新的艺术思考和创作规律。其一,胸中之竹,意在笔先。杨贵妃在百花亭没有等到唐明皇,酒下愁肠,醉意正浓的她来到花园,看花闻花等排遣失意。梅手上并无真实之花,但观众仿佛看到他持花的醉态,他是如何做到的? 梅兰芳说"首先是心里要有花",与郑板桥绘画中

"胸中之竹"有异曲同工之妙。艺术家在通过媒介创造可感观的意象之前,先创造一个存在于他们内心中的意象世界,可以简称为先意象世界。这种先意象世界已经具备了空间布局、大小、质地、色彩、气味、节奏、关系等,因此,艺术家既是先意象世界的创造者,也是先意象世界的第一位观众。随后艺术家再利用相应材料在媒介中呈现心中意象,艺术作品由此诞生。东晋顾恺之《论画》中言"迁想妙得"正是包含了此番深奥道理,在生活和自然渊薮基础上,迁入艺术家的思想感情,深入认识客观世界,得到心中之意象,最终创神韵之妙。"顾恺之的'迁想妙得'四个字,在创作方面来说,恰好是从感性认识到理性认识,再从理性认识回到感性认识的艺术创作构思的完整过程。"①郑板桥的"胸中之竹"经过纸上作画,才转变为"手中之竹",而梅兰芳的"胸中之花",通过身体材料在舞台空间媒介中转变为"手中之花"。两人均是"迁想妙得"而创造的艺术作品。其二,虚拟处理。郑板桥的"手中之竹",观众可真切观赏到竹之形,再形成观众心中的审美意象;梅兰芳的"手中之花",不同于"手中之竹",在转化过程中通过手势的虚拟表演,依然呈现的是虚拟之花,观众的审美活动需要完成二次飞跃。第一次是观赏其手势虚拟表演的形态,第二次是在虚拟表演的基础上再在心中形成各自的审美意象。虚拟性是中国戏曲的特征之一,梅兰芳的这段攀花折花手势可谓虚拟表演的极佳诠释。"通过眼睛看到它",表演时梅兰芳迷离的眼神忽然朝斜前方眼睛一亮,显然是发现了明艳的花朵,"然后走到假设的花盆边蹲身下去,慢慢地用手把花枝攀起来凑到鼻子上闻嗅","闻完花折断花枝,站起来朝后退几步,把花往身后一

---

① 周积寅编著:《中国画论辑要》,南京:江苏美术出版社,2005 年,第 107 页。

扔"。观众能够观赏到一系列手势姿态,攀、嗅、折、扔,仅姿态本身已令观众陶醉,再与杨贵妃此刻的失意相融通,构成观众心中完整的、充满意蕴的感性世界。其三,生活借鉴。梅兰芳认为持花手势"这种虚拟动作比较难做",所以有一定生活经验显得尤为重要。"我当年养些花,有一些生活经验,知道花枝的性格,所以攀过来,闻后弹回去,都显出有分量。"梅兰芳家种了各式花卉,特别是牵牛花,他回忆道:"白石先生善于对花写生,在我家里见了一些牵牛花名种才开始画的,所以他的题画诗有'百本牵牛花碗大,三年无梦到梅家'。"①可见,梅兰芳不仅养花,爱花,还通晓花的品性,对他虚拟表演花卉手势的系列动作有较大的借鉴意义。其四,观众感受。梅兰芳感到卧鱼的舞蹈身段可贵,但目的性不强,他增加闻花等手势便于观众欣赏;增加手势后"还不够清楚细致""在观众眼里是比较陌生的,需要加工";另外,原先手势藏到水袖中,观众"看不到手不过瘾"。梅兰芳的手势加工特别考虑审美受众的理解和欣赏。其五,朋友反馈。梅兰芳虚心听取朋友的反馈,反馈是艺术作品的一面镜子,合理的反馈凝结了评论者的审美思考,反馈作用于艺术家,即将评论者头脑中或满足或缺憾的审美意象投射给艺术家,便于艺术家提高和完善艺术作品。新手势避免观众陌生,双手动作避免重复,攀花后再折花"似乎更能表达杨贵妃当时心里的怨恨和空虚"等均是朋友们对《贵妃醉酒》持花手势的反馈意见,梅兰芳认为合理,均采纳。其六,避免雷同。手势动作的优势在于双手可以形成不同的姿态,梅兰芳起初攀花是两手都隔着水袖,有雷同之感,他改为右手露手,左手

---

① 梅兰芳口述,许姬传、许源来、朱家溍整理:《舞台生活四十年——梅兰芳回忆录》(下),第469页。

依然隐在水袖中,再后又改为一手攀花,闻花,一手折花,起身后退几步后扔花,手势没有雷同,双手配合默契,如梅兰芳所言,"刻画杨贵妃的性格方面更深刻些"。最后,多演多练。梅兰芳坦言"这几个手势,我在舞台上演了若干次才逐渐得心应手,与生活紧密结合起来"。他自 1914 年向路三宝学习《贵妃醉酒》,直至晚年都在不懈地追求杨贵妃手势的革新,时间跨度四十余年。路三宝原先所授的身段是卧鱼,没有闻花手势,梅兰芳回忆:"我学会以后,也是依样画葫芦地照着做。每演一次,我总觉得这种舞蹈身段,是可贵的,但是问题来了,做它干什么呢? 跟剧情又有什么关系呢? 大家只知道老师怎么教,就怎么做,我莫名其妙地做了好多年。"①"好多年"经考证是近二十四年,梅兰芳的困惑没有解除,直至 1938 年在香港的经历,激发了梅兰芳的灵感,使手势又有了进一步推进。他说:"在香港的时候,公寓房子前面有一片草地,种了不少洋花,十分美丽。有一天我看得可爱,随便俯身下去嗅了一下,让旁边一位老朋友看见了,跟我开玩笑地说:'你这样子倒很像在做卧鱼的身段。'这一句无关紧要的笑话,我可有了用处了。当时我就理解出这三个卧鱼身段,是可以做成嗅花的意思的。因为头里高、裴二人搬了几盆花到台口,正好做我嗅花的伏笔。所以抗战胜利之初,我在上海再演'醉酒'就改成现在的样子了。"②梅兰芳在生活中取材,增加露手闻花手势,用舞台做检验,演后听取朋友意见,又重新观察花枝特点,再一步步修改,1955 年拍摄的舞台艺术片导演建议其增加折花手势,梅兰芳在折花起身退步后加上扔花手势,使卧鱼与手势动作自然衔接,表达人物抑郁的情感

---

① 梅兰芳口述,许姬传、许源来、朱家溍整理:《舞台生活四十年——梅兰芳回忆录》(上),第 223 页。

② 同上。

浑然天成。显然,"梅兰芳手势的塑造是通过现实世界的观察,经过精简、加工、抽象和美化,使其保留现实世界的典型符号,又通过想象世界将其还原的过程。而这种还原并不是生活的真实,而是艺术的真实"。① 一个艺术作品的加工竟经历四十余年,真如斯达克·杨评价:"令人难以置信的严格训练。"因为梅兰芳多演多练多思考,"深入地琢磨这几个手势,以后演出时就一次比一次进步"。《贵妃醉酒》自然也成为梅兰芳京剧艺术的经典代表作。

梅兰芳吸收中国绘画的美学因子,善于在生活、自然中提炼加工,刻画人物,注重细节。经过其严格的训练和长期的舞台实践,实现古典传统文化与梅兰芳手势的完美沟通,用古典审美趣味取向,缝合了民族戏曲与西方戏剧文化的分离,凝聚成独具魅力的梅派手势艺术。

---

① 俞丽伟:《梅兰芳戏曲手势表演美学刍议》,《中北大学学报》(社会科学版)2015年第 5 期,第 103 页。

"剥去皮看到本然,那才是生命力最强的"

——由《矿工图》谈周思聪的艺术觉醒与风骨实现

曹庆晖

一

《矿工图》是著名中国画画家卢沉(1935—2004)、周思聪(1939—1996)夫妇——其中主要是妻子周思聪——的代表作。不过,这套大型组画最终没有按原设想全部完成。[①] 已完成的部分,以及与之相关的炭笔、水墨写生,在二十世纪八十年代初面世后,也不是同仁频频点头、群众纷纷称赞、好评一片的局面,而是有人表示喜欢,有人感到遗憾,还有人深为反感;出版方面也并非一帆风顺。相

---

① 参见薛良:《卢沉、周思聪〈矿工图〉组画创作始末》,北京画院编:《大爱悲歌——周思聪卢沉矿工图组画研究》,南宁:广西美术出版社,2015年。

关情况,周思聪在与其挚友的通信中谈过三件事。

第一件事,1981 年 2 月,周思聪按其工作单位北京画院轮流观摩画家习作的要求,布置了四五十张"悲苦的形象"。为此,画院曾破例开了一次座谈会。周思聪说:"没想到,这是历次习作观摩反应最强烈的。会上有争论,多数同志支持我的探索,为我不维护过去,踏出新的足迹而高兴;也有些同志惋惜,说我脱离了群众的审美观。"①同时,还引发与会者对艺术民主、美与丑的标准等问题的讨论。显然,画院同仁对周思聪这些"悲苦的形象"反应强烈,也臧否不一,其中主要是画家们对"应该怎样搞创作"在认识上开始有分歧。

第二件事,1981 年 12 月吉林人民出版社出版了《卢沉周思聪作品选集》,收录了他们夫妇在七十年代中期到 1980 年的代表性创作与写生八十多件,包括已完成的《矿工图》之五《同胞、汉奸与狗》,以及两人深入辽源煤矿创作的"矿工写生"二十余件,压轴的是卢沉1980 年完成的中国画新作《上访的小民百姓》及两三张上访者速写。这本选集"印得极差,看了使人伤心"。② 但更让周思聪难过并被她视作"丑闻"的是,该选集在出版社"引起了轩然大波",即"领导和很多人(当然是搞政治的)不同意发行。理由是,最后关于上访接待站的几幅画是暴露的,另外一些人体习作和稍有变形的画也成了问题……最后定为'内部发行'。内部发行,是指内容有政治问题而仍有美术参考价值的书"。③ 但恰恰是这本被"领导和很多人"认为有问题应予惩戒的画集,实际却"很受欢迎。长春美术大学学生每人买

① 马文蔚编:《周思聪与友人书》,郑州:大象出版社,2006 年,第 5—6 页。
② 同上,第 45 页。
③ 同上,第 48 页。

一册，全国有不少人来信购买"。① 时任《美术》责任编辑的栗宪庭也特别在该刊 1982 年第 7 期专门介绍了这本画册，并"故意登出了'有问题'的画"。② 同一本画册，引来如此不同的反应，看来人们的思想也正在起变化。

第三件事，发生在 1982 年六七月间北京召开的中国美协三届二次理事会上，与会的周思聪听到了一些对她近作的反映，"有些人劝我修改画中的形象，认为太丑了。持这些看法的多是五十年代的大师兄师姐。而六十年代的就不同了。他们说：不要听他们（指上面意见）的，就像现在这么画下去"。③ 其实，至于怎么画下去，周思聪心里是清楚的。在她看来，"美术作品不一定都是通过直观美感收到效果。巴黎圣母院的敲钟人是能入画的，而且更能发人深思"。④ 无独有偶，"这次会上不少担任地方领导职务的理事发言中多指责《父亲》一画是'丑化了社会主义农民''手上黑黢黢，这种愁苦的形象，还拿到巴黎展出，给中国农民抹黑'。他们觉得《父亲》给他们丢了面子"。⑤ 这些说法让周思聪颇为愤懑。在不少美协理事眼里，罗中立的《父亲》，还有周思聪笔下"悲苦的形象"，丑化了农民和矿工。而周思聪自己却感动于这所谓"抹黑"的形象。在她看来，应该受到指责和批评的正是"那些口口声声不忘本的人，因为要那可怜的面子，可以舍弃艺术的真实。这就是'为政治服务'吧"。⑥ 周思聪的感叹，事实上戳中了要害。

1949 年以后，不断掀起并扩大的思想改造运动，到"文革"年代，已

---

① 马文蔚编：《周思聪与友人书》，第 48 页。
② 同上，第 62 页。
③ 同上，第 52 页。
④ 同上。
⑤ 同上。
⑥ 同上，第 53 页。

使社会生产关系走到社会主义生产力发展要求的反面,由此逐渐建立起来的所谓"听命文艺"及其教条严重禁锢着人们的审美。即使到了"四人帮"倒台、"文革"结束,那些捆绑人们艺术思维的教条和禁忌依旧在起作用。廖冰兄那幅著名的漫画《自嘲》(1979)所揭示和反思的也正是这一现象。那些对周思聪新作的批评,诸如脱离了群众的审美观、人体习作和稍有变形的画有问题、形象太丑了,包括更"革命"的指责说"这是从人到猿"①等等都表明,在"如何正确处理人物形象"这一创作的关键问题上,那些不许逾越的教条和禁忌还顽固地盘踞在人们的头脑中,在实际创作和批评中还继续占据着主流。对此,周思聪深感悲哀:

> 真正的艺术家都应具有深厚博大的同情心,同时也需有外科医生的"冷酷",这冷酷是由于爱的深切,而这深切的爱却不能被接受,甚而将其误解,这是艺术家的悲哀,更是患者的悲哀。这种情况之下,许多所谓的艺术家就干些修眉毛、涂唇膏的行当。只须把握一种雕虫小技吃遍天下了,这也是他们的悲哀。②

作为一位在"文革"中成长起来的画家,周思聪在艺术实践中当然很清楚所谓"听命文艺"是怎么"修眉毛、涂唇膏"的。此时,她觉醒得越深刻、实践得越深入,就越觉得所面对的文艺现状是多么可怜和悲哀,曾经的自我又是那般麻木。

---

① 郎绍君:《周思聪的绘画历程》,载《美术研究》1996 年第 3 期。
② 马文蔚编:《周思聪与友人书》,第 20 页。

周思聪　《王道乐工》(《矿工图》组画之一)
纸本水墨177 cm×236 cm　1982年北京画院藏

周思聪　《王道乐土变体稿》(《矿工图》组画之一)
纸本设色178 cm×240 cm　1981—1982年私人藏

二

周思聪在二十世纪八十年代初期创作《矿工图》所遭遇的疑虑和受到的批评，与 1949 年以后越来越"左"地僵化阐述毛泽东《在延安文艺座谈会上的讲话》有直接联系。这样说，并不是怀疑《讲话》对于中国革命文艺发展的重要历史贡献，也不是怀疑今天的文艺创作继续弘扬《讲话》所倡导"文艺为人民服务"的必要性；这里所要指出的是，历史上"极左"路线对《讲话》这一文艺指导思想与基本方法的错误理解与缠绕，严重干扰了文艺创作的正常发展，实践中产生了严重的曲折，也引出深刻的历史教训。现在看来，周思聪及其同辈画家正属于经历和承受这种曲折与教训最深重，付出的年华和浪费的智慧也最多的那一代。遗憾的是，在对这一代画家于政治运动前前后后的艺术心理与创作路程可以展开探究之际，其中的佼佼者已经匆匆老去。

《讲话》所明确的文艺为工农兵和政治服务的基本方向，知识分子深入群众改造思想的基本方法，以及遵循这一方向和方法开展的解放区文艺实践所获得的全部经验，在 1949 年 7 月于北京召开的中华全国文学艺术工作者代表大会上获得了不二认定。文艺界领导人周扬在大会所作解放区文艺运动报告《新的人民的文艺》中明确指出："毛主席的《文艺座谈会讲话》规定了新中国的文艺的方向，解放区文艺工作者自觉地坚决地实践了这个方向，并以自己的全部经验证明了这个方向的完全正确，深信除此之外再没有第二个方向了,如果有,那就是错误的方向。"①如何在这一完全正确的方向下表现新中国,这是推开新时代大门的中国共产党及其所领导的文艺队伍必须要面对和回答的问题。而就已有的文艺基础和未来的目标任务而言,首先就是要继承和发扬"真正的新的人民文艺"②——解放区文艺的思想方法、创作经验和艺术作风,倡导和鼓动艺术家要在无条件地深入群众生活、改造个人思想的过程中,挖掘新的时代主题,运用新的语言形式,表现新的人物形象,"并借此避免非现实主义的形式主义的抬头"。③ 如此,自"五四"新文化运动特别是抗日战争以来,中共文艺队伍及其他一切进步文艺力量,在民族独立和民主革命的救亡图存奋争中形成的讴歌与颂扬、暴露与批判的现实主义文艺创作传统,逐步调整到了对"讴歌与颂扬"的继承发扬上。1950 年文化部发起开展的"新年画运动",五六十年代美协和画院及美术院校等部门组织发起的层出不穷的中国画写生活动,即为此中颇具代表性的一节。也就是在这环环相扣、紧锣密鼓的文艺创作运动中,步入新社会的文艺工作者,像叶浅予、蒋兆和等人物画家,李可染等山水画家——这些周思聪在中央美术学院中国画系学习时敬慕和追随的老师——在 1949 年以后创作出了和党的要求相一致、和社会主义建设要求相一致的"领袖颂""人民颂"和"祖国颂",先后画出了一批反映和表现新时代面貌与人民精神风貌的画作,在艺术表达方面开始积累经验,在艺术传播方面也开始产生影响。如叶浅予的《民族大团结万岁》(1953),采用中

---

① 周扬:《新的人民的文艺》,《中华全国文学艺术工作者代表大会纪念文集》,新华书店,1950 年,第 70 页。

② 同上。

③ 《为表现新中国而努力——代发刊辞》,载《人民美术》1950 年创刊号。

心聚拢式构图、工笔重彩的语言,以领袖和各族群众祝酒欢庆的情节,揭示领袖伟大、民族团结的主题。该作品是较早将领袖置于群众中加以塑造并获得好评和产生影响的一幅歌颂性宣传作品。不过在人物形象的塑造上,作者不可能放弃他个人擅长的生动诙谐的漫画造型手法,虽然已经有所调整和控制,但终究还是为后来受到政治批判埋下了伏笔——"文革"中这件作品之所以获罪,理由是叶浅予所画是"牛鬼蛇神包围毛主席"。[①]

　　1966 年"文革"发动后,"极左"政治势力对 1949—1966 年间所谓"十七年"歌颂文艺在思想原则上继续加以革命,形成了著名的统率艺术实践特别是塑造人物形象的"在所有人物中突出正面人物,在正面人物中突出英雄人物,在英雄人物中突出中心人物"所谓"三突出"的创作原则。[②] 实际上,"三突出"作为文艺创作方法与"十七年"歌颂现实主义文艺的发展——1958 年后歌颂现实主义更加强调现实基础上的浪漫表现,即革命现实主义和革命浪漫主义的"两结合"——之间有相承关系,"三突出"并非无源之水,它更凸显了"十七年"歌颂现实主义更集中、更概括、更革命的艺术思维,更高拔"两结合"中的革命浪漫主义。如果说"三突出"是典型的政治至上主义在文艺创作领域的高级反映,那么实际上在"十七年"歌颂现实主义文艺中,无论是歌颂领袖、英雄还是塑造"社会主义新人",就已经隐含着"三突出"的思维。

---

　　① 楼家本编撰:《叶浅予中国画作品集》,北京:人民美术出版社,2007 年,第 282 页。

　　② 1968 年 5 月 23 日,《文汇报》发表于会咏《让文艺舞台永远成为宣传毛泽东思想的阵地》,首先提出:"在所有人物中突出正面人物来;在正面人物中突出主要英雄人物来;在主要英雄人物中突出中心人物来。"后经姚文元改定为:"在所有人物中突出正面人物,在正面人物中突出英雄人物,在英雄人物中突出中心人物。"

周思聪 《井下告捷》

纸本设色 139.5 cm×187.5 cm　1974 年北京画院藏

周思聪 《纺织工人无限热爱周总理》

纸本设色 148 cm×171 cm　1977 年北京画院藏

　　就此,若联系叶浅予《民族大团结万岁》,再结合卢沉的《机车大夫》(1964),周思聪的《井下告捷》(1974)、《太行飞雪战旗红》(画稿)、《纺织工人无限热爱周总理》(1977)等作品来看,显而易见的是,于"文革"前毕业的卢沉、周思聪等这一批画家,正是沿着他们老师的创作步履,在"文革"中继续实践艺术形象从"十七年"现实主义正面歌颂向"三突出"拔高推进并进行视觉手法建构的那一拨儿骨干和主力。也就是在这一过程中,身在其中的画家们"自觉地"完成了对"重要的是人物形象"①这一兼有教化与禁忌的政治审美的体验与学习,逐渐形成了与"三突出"要求相适应的、从视觉上歌颂中心人物生产与生活的一套创作表现"正面律"。其基本要义大约可归结为:1. 主题必须突出政治;2. 情节必须一目了然;3. 构图必须聚焦中心;4. 视角必须仰望高拔;5. 造型必须潇洒孔武;6. 面孔必须笑靥如花(若对敌,则必须横眉冷对);7. 情绪必须饱满有力;8. 场面必须欢欣鼓舞(若对敌,则必须我威敌惧)。

　　周思聪在二十世纪七十年代中后期的创作,无论是独立创作还是与其他画家的合作,大多与此合拍,其笔下的人物形象,也常常笼罩着一层激情癫狂时代特有的靓丽"画皮"。虽然个别如《山区新路》(1973)、《长白青松》(1973)等,因源于真切的生活感受,在情节设计和形象处理方面保有一份人情的温暖而使她在画坛崭露头角,小有名气,但即便如《长白青松》这样受到称赞的作品,多年后周思聪私下里也曾和好友讲,那是"在一种麻木状态下画的"。②

---

　　①　二十世纪五六十年代,文艺界曾热烈讨论典型人物、典型形象的创造问题,逐渐在创作实践与文艺批评中形成"重要的是人物形象"这一基本评价标准,并广泛使用于日常创作中。如 1965 年第 1 期《美术》发表李悷《〈评五好社员〉的长处》一文,使用的主标题就是"重要的是人物形象"。

　　②　马文蔚:《周思聪——艺术个性的觉醒》,郑州:大象出版社,2007 年,第 37—38 页。

周思聪　《长白青松》
纸本设色 112 cm ×95 cm　1973 年北京画院藏

　　"在一种麻木状态下画的"——这是周思聪随着时代走出"文革",经过国家 1976—1982 年的历史转折与观念转变,在 1982 年(此时周思聪正在全力以赴创作《矿工图》)时对自己"文革"时期创作状态的反思性认识和评价。周思聪的这一反思虽然非常概括,但若联系她创作《矿工图》时那种挣脱束缚的艺术自觉状态,了解《长白青松》的创作动机和图像意义,就可以大致体会出她所说的"麻木状态"的总体意涵。这种状态就是艺术家自我意识及其情感对以歌颂为绝对核心的创作正面律的皈依和服从,她曾经这样讲过:"历次不厌其烦的运动、批判,使我们许多人丧失了自信,不敢相信自己的感情,不敢相信自己的理解思索,不敢表现自我。"①

　　就以《长白青松》来说,故事背景本来是一出时代悲剧、一起盲目事故、一场家庭灾难。据事件知情人回忆:1970 年 11 月 7 日下午中苏边境发生荒火,奉命救火的三十五团八十七名知青满怀"为了祖国的尊严,拼死拼活也不能让荒火烧过国界"的决心,在"下定决心,不怕牺牲,排除万难,去争取胜利"语录鼓舞下乘车冲向火场。"一路上,革命歌曲唱了一支又一支,战友们充满稚气的脸上都堆着笑,谁也不知荒火什么样,更没有人想,'赤手空拳凭什么去扑火'? 大家只感到一股跃跃欲试的冲动:谁英雄谁好汉,火场上比比看!"②在没有任何科学研判和必要防护的情况下,救火知青贸然突进火场,结果是应对失当,火势凶猛中风向突变,导致十四名知青——其中女知青十三人——瞬间被火海吞噬。"三天后,烈火烧尽荒草,自动熄灭了。"③知青家属很快接到电报,称其子女"遵照毛主席'一不怕苦、二不怕死'的教导……保卫祖国,壮烈牺牲"。④ 但后来这一导致重大伤亡的救火事件却被定性为"事故",亡故知青均未获得烈士称号⑤,其中即有北京知青、二十三岁的潘纹宣。

　　潘纹宣的父亲、著名画家潘絜兹是周思聪在北京画院的长辈、同事,其继母张怡贞则是周思聪自幼的美术启蒙老师。潘纹宣之死令

————————

　　① 周思聪:《思绪录——山东讲学提纲》,朱乃正主编:《卢沉周思聪文集》,北京:人民美术出版社,2006 年,第 186 页。
　　② 红卫东:《永生难忘——"11·7"》,石肖岩主编:《北大荒风云录》,北京:中国青年出版社,1990 年,第 105 页。
　　③ 同上,第 107 页。
　　④ 侯秀芬:《中国当代工笔画重彩大家潘絜兹画传》,北京:作家出版社,2011 年,第 127 页。
　　⑤ 李乐源:《为了不能忘却的纪念——周思聪与〈长白青松〉》,载《老年教育》(书画艺术)2013 年第 4 期。

潘絜兹"悲涕难禁泪如雨",也让张怡贞"郁闷成疾,得了癔症"。① 作为和这个不幸家庭亲密交往的一分子,周思聪特别感触这一重大变故与善后认定给亲人带来的心灵创痛和精神折磨,1973 年,周思聪以张怡贞和潘纹宣为生活原型②,饱含深情与深意地构思创作了《长白青松》,描绘了捧着松树苗的"兵团女战士回母校"看望老师的情节。面对这样一件作品,了解抑或不了解内情,观众所读出来的内容和感受显然完全不同。了解者,无形中会平添一份对魂兮归来、真身感恩的酸楚和祭奠;不了解者,那就只有对栋梁成才、尊敬师长的喜悦和欣慰。而阻隔人们在不了解内情的情况下,对这原是时代和家庭悲剧的事实不能有任何觉察的障碍,就是普遍遵循的正面律表现方法。可以明确地说,周思聪下意识的、在正面律规范下的主要形象塑造和真实情节设计,使她原本"五味杂陈"的情感寄托在"理应如此"的歌颂中调配为皮(表面)"合乎社会运动"而瓤(内在)却不见得"合乎个中滋味"的艺术宣传图象。③ 就以其中的道具"松树苗"为例,周思聪原本的图像学情感与意义其实有比"长白青松苗壮成长"要微妙和丰富得多的意涵,但当她按生活情节和写实逻辑要求给这株树苗系上"献给母校"的红带子时,其所有的象征性即被单一的目的性圈定了。有论者认为周思聪《长白青松》"有些言不尽意,甚至

---

① 侯秀芬:《中国当代工笔画重彩大家潘絜兹画传》,第 130 页。

② 华天雪:《周思聪》,石家庄:河北教育出版社,2002 年,第 31 页。

③ 据说,《长白青松》创作发表不久,恰逢湘剧高腔《园丁之歌》——一部歌颂女教师教育后进,并在唱词中提出"没有文化怎么能把革命重担来承担"的戏——被扣上"否定无产阶级文化大革命""为反革命修正主义教育路线招魂""向无产阶级反攻倒算"的帽子而广泛批判。在此风口浪尖之际,《长白青松》也就有了配合《园丁之歌》的嫌疑,这是周思聪始料未及的。(参见中共湖南省委宣传部:《扼杀〈园丁之歌〉也是为了篡党夺权》,载《人民日报》,1976 年 11 月 29 日;李乐源:《为了不能忘却的纪念——周思聪与〈长白青松〉》)

言不由衷"①,其实也是看到了这一层。"麻木状态",这是整个时代和画坛的遭遇,不是周思聪一个人的问题。

三

　　1982 年 4 月 17 日,周思聪在北京参观辽宁画院晋京作品展后给好友写了一封信,信中写道:"有人说这个展览是打倒'四人帮'以后在美术馆举办的画展中'分量最重的一个'。是这样,重得几乎使美术馆的地面下沉……我觉得有些画简直像样板戏的味道,既革命又陈旧。"②"既革命又陈旧"这句话讲得很到位,也很有态度。但若联系周思聪此前的创作,人们不禁要问,当不少人还不能从这"陈旧"中苏醒,依旧习惯于"样板戏"革命思维的时候,在创作上也曾经"既革命又陈旧"的周思聪,何以比较早就觉醒了呢?

　　自然,周思聪艺术上的觉醒和 1976 年"四人帮"倒台后的政治局面与思想风气发生改变这一大环境有关。不过这种貌似不言自明的关联性认识,显然潜藏着简单化谈论社会环境对艺术家的影响,忽视甚至抹杀艺术家个体独有的人生际遇和感受的懒惰与危险。其实,与其说这一时期周思聪的艺术觉醒是因外在大环境的改变所致,还不如说是因周思聪个人的人生体验与觉悟所致。当然,这里并不否认,外在大环境的改变亦有利于周思聪将其人生体验与觉悟相对自

---

① 马文蔚:《周思聪——艺术个性的觉醒》,第 39 页。
② 马文蔚编:《周思聪与友人书》,第 41 页。

由地投射到艺术表达上，只不过这对周思聪的艺术觉醒与转变来说并不是第一位的。那么，作为妻子、母亲、儿媳和画家的周思聪，经历了怎样酸甜苦辣的人生体验并启蒙了她自己的艺术觉醒呢？

七十年代末八十年代初的周思聪已步入不惑之年。作为社会女性，一位承担家庭和工作双重责任的女画家，她彼时彼刻的内心世界是研究者必须要了解的。在她当时写给好友的那一百四十二封信里，有不少关于其个人成长、性格及内心世界的自我剖析。其中，"孤独"是她较多谈及的，甚至说这已是她"不能更改的本性了"。① 孤独的表象反映到周思聪身上，是她待人接物时给人比较闷、冷、严的感觉，"孤僻沉默"②和"发呆"③是她描述自己性格时使用的几个关键词。而她的好友在这方面也对其多有"抱怨"，说她喜怒不形于色，对别人的表达没反应，甚至觉得有些怕她，而周思聪也乐于在通信中与好友"辩解"一番。④ 不过，若再往里读一层就会看到，周思聪的孤独深处其实和她作为女性所经历的人生苦涩紧密相关，而这种苦涩的经历既有来自那个特殊时代的，也有来自她个人和家庭的。

周思聪与卢沉 1969 年结婚。关于夫妻间的情感，周思聪也都曾向她的好友倾诉过。显然，她和卢沉之间有爱情也有沧桑；卢沉之于周思聪的情感世界有包容理解，也有小心回避。这让周思聪悲欣交集，难以释怀。她曾这样和好友在信中说起与卢沉之间的情感故事：

> 十年前，在我最不反得到体谅，连我自己都不体谅自己

① 马文蔚编：《周思聪与友人书》，第83页。
② 同上，第81页。
③ 同上，第122页。
④ 同上，第81—82页。

的时候,他宽厚的胸襟,那样深沉地体谅了我。没有安慰和
劝导的话,无言的体谅。我们之间常常是沉默,从对方的眼
光中窥探一切,无须多说,什么都明白。①

　　我虽然做过错事,也绝不是他们的同类。我感到痛苦
的只有一件,就是我曾给他沉重的打击,是无法补偿的。如
果他因此恨我了,这账也就抵消了,可是他不。这使我永远
不能心安理得。我的幸福将永远伴着这不幸。②

对卢沉的那份歉疚和感恩,始终沉郁在她心中,难以计量。

1970 年,在干校的周思聪早产做了母亲,孩子出生时只有四斤
多重。按要求,她产假一完即返干校,那边早产的孩子嗷嗷待哺,这
边奶胀得难受只能挤出来倒掉,大人孩子一起遭罪。盼到休假看到
瘦弱的孩子,周思聪除了心疼还是心疼。那时的卢沉也在外地干校
下放,等孩子周岁的时候父子才得以见面。后来周思聪和好友谈及
这段生活时曾说:"我难过、我恨,却又不知该恨谁。"③

　　更令周思聪苦不堪言的是此后和她一起共同生活了十八年的婆
婆,给她带来了太多太深的不愉快。卢沉的母亲很强势,这一点连做
儿子的卢沉有时都不好接受,卢沉曾说:"思聪脾气特别好,有心事不
露在外面,能忍","不爱哭"。④ 而周思聪"以极大的努力忍让着、压
抑着自己,只是为了卢沉"。⑤ 最终婆婆 1987 年以九十三岁寿终正寝

---

①　马文蔚编:《周思聪与友人书》,第 24—25 页。
②　同上,第 40 页。
③　同上,第 61 页。
④　郎绍君、华天雪访问,华天雪录音整理:《卢沉访谈录》,载《美术研究》2010 年第
2 期。
⑤　马文蔚编:《周思聪与友人书》,第 135 页。

时,周思聪悲哀地说:"我的脊梁已经被这重压压弯,再也不能直起。我最有精力的岁月已经耗尽了。"[1]那时的周思聪已在四年前查出患有风湿症。

情感上的苦与涩,婆媳间的苦与痛,生活中的苦与难,还有居心叵测的闲言碎语对她的诋毁和啮啮,虽然让周思聪感到沉重和压抑,但却没有使她消沉和自闭,反而令她学会坚强和辨析人性的善恶,只不过表面上不争不辩不表达的周思聪,把这一切体会都埋在了心底,只向最亲近的朋友敞开心扉。她曾经和好友谈到过"灵魂":

> 我曾经怀疑过自己的灵魂是低下的。后来我明白,我是被那些做出高尚样子的"君子"们迷惑了。我总是把别人想得太好,相信他们做出的姿态。在那一段时间里,我是十分脆弱的,连最下沉的东西都敢于欺负我,不断投来那么幸灾乐祸的眼光。一些人虽然明白,但生怕玷污自己,像回避瘟疫一样躲着我。如果说"坚强",我就是在这种情况下坚强起来的。给我以力量的人实在少,倒使我自身生出了力量。非要争,难道我必得被这样一些眼光毁灭不成?现在想起来,倒真该感谢他们才对。他们使我更亲近了我的事业,更亲近了美的境界。[2]

周思聪不屈服的灵魂使她的"争"亲近了美的事业和境界,这是她人生觉悟和艺术觉醒之间的至为重要的关联证据。

---

① 马文蔚编:《周思聪与友人书》,第 135 页。
② 同上,第 110 页。

正因为如此，在现实中，能够真正引起周思聪情感共鸣的往往不是欢乐而是痛苦，往往不是喜剧而是悲剧①，郁积在她心中的苦涩太多，这是她在艺术上愿意近于苦、亲于真、感于哀的心理基础，也是珂勒惠支、丸木位里夫妇这些具有人道主义关怀的现实主义画家之所以能在精神上给她以震动和启导的内在原因。她在和好友做自我性格剖析时也曾讲："我心里似乎藏着一根十分孤独的弦，我说孤独，你一定能理解，它平时很难被拨动，一旦被触动我就激动不已。"②显然，尽管她深感"孤独"——正如前文分析的那样，这主要关乎苦涩而非孤僻，周思聪的好友对此心领神会——但内心并不死寂，而是随时听从那种能让自己心潮起伏、泛起爱恨的人间情感的召唤。

我们看到，在千万知识青年被动员到"广阔天地"去"大有作为"的年代，潘纹宣之死和潘絜兹、张怡贞夫妇肝肠寸断却又无可奈何的丧女之痛，对初为人母的周思聪的刺激，不单单是使她表现出平常意义上的人情怜悯体恤和关怀慰问，也深深地触动着她对哺育生命的体会和父母子女情深的体验，这种难以释怀、挥之不去的悲悯也深深地叩击着她的艺术心弦。虽然在当时创作《长白青松》"难免言不尽意，甚至言不由衷"，但最可宝贵的是，周思聪终归是愿有所"言"的。

在中国社会开始逐步从"文革"迷狂中走出来，当周思聪和画坛同道不约而同地创作表现已故领导人周恩来的作品，并借以寄寓对"四人帮"文化专制主义的否定与批判的时候，让"她吃饭、睡觉、走路都在想着""永远不能忘记"的深入生活、搜集素材经历，是 1978 年底在河北邢台面对乡亲们感念周总理"撕心裂肺的哭诉"，她说"这

---

①　马文蔚编：《周思聪与友人书》，第 74 页。
②　同上，第 37 页。

一切使我的笔变得沉重起来，我提起它，再没有那种轻松之感了"。①
1978 年至 1979 年，是真理标准大讨论的年代，也是周思聪相信自己的
情感、相信自己的理解和思索的年代。在这个年代里，一种与她苦涩的
内心体验相沟通的悲戚坚韧的精神基调开始在她对生活的观察中被触
摸，开始在她的艺术实践上被强调。1979 年，她"一气呵成，没有一处
挖补"②地创作了引发观众情感共鸣的中国画力作《人民和总理》。

"同悲切"的现实关怀不仅超越了她自己的过往③，而且也超越
了许多同道都习以为常的"共欢欣"式的幸福构想，使周思聪一跃站
在了画坛和时代艺术的前列，这一作品一举摘得了当年举办的中华
人民共和国成立三十周年全国美展一等奖的桂冠。

《人民和总理》在精神基调上的转变和被认可，之于周思聪重画
《矿工图》显然有分水岭意义。如果说，《人民和总理》悲戚坚韧的精
神基调，是周思聪内心"孤独的弦"被邢台老乡"撕心裂肺的哭诉"拨
动后深沉的回响，那么，《矿工图》就是这一回响继续振动并使根植于
画家内心深处的苦难意识得以外化，在"矿工"这一最富有人民性，同
时也是她长期深入生活的题材领域得以集中宣泄和抒发。周思聪曾
说自己越是看到国家的苦难，就越"爱她和离不开她"④，又说"我就
想画那种受压抑的状态，压得透不过气来的那种状态"⑤。这无疑是
她表达自己之所以能够更深沉地理解苦难的一种说法。对于这一
点，她的丈夫卢沉看得更透彻，也讲得更直接和明白。卢沉说：

---

① 周思聪：《我想说这么几句》，朱乃正主编：《卢沉周思聪文集》，第 181 页。
② 马文蔚：《周思聪——艺术个性的觉醒》，第 41 页。
③ 此前，周思聪曾连续创作表现周恩来的作品，有《周总理会见印度医疗队》
（1976）、《清洁工人的怀念》（与卢沉合作，1977）、《纺织工人无限热爱周总理》（1977）等。
④ 马文蔚编：《周思聪与友人书》，第 74 页。
⑤ 周思聪：《谈矿工图的形式语言》，朱乃正主编：《卢沉周思聪文集》，第 180 页。

周思聪 《人民和总理》

纸本设色 151 cm×217.5 cm　1979 年中国美术馆藏

周思聪 《机车五班钳工林启泉》

纸本设色 39 cm×31 cm　私人藏

周思聪 《幼儿园》

纸本炭笔 24 cm×17 cm　私人藏

思聪画《矿工图》,不完全是对矿工的同情,潜意识里是有对被损害的东西的一种抗争,因为她对痛苦和压迫有过体验,不是在理念上看透了"文革",而是找到了一个发泄点。①

卢沉的这一认识,既合乎逻辑,又非常可贵。毕竟,周思聪只是个画家,是基于内心苦涩感知历史与现实苦难的女性,她绝非主观意愿上的意识形态说教者。作为丈夫,卢沉在评论《矿工图》时强调的主要是周思聪艺术觉醒的人生基础——对被损害的抗争,对痛苦和压迫的体验,而不是离开其个人经历和感悟,仅仅从民族国家的宏大叙事去拔高周思聪思想感情的伟大。这,对于理解周思聪及其《矿工图》,其实非常重要,也不应该回避和忽视。不充分理解这一点,不充分尊重这一点,还谈什么艺术家的自我与觉醒呢?

四

当自我的"非要争"意识在苦涩和压抑中渐渐苏醒和坚定起来,促使周思聪更亲近于"我的事业"和"美的境界"时,研究者要回答的是,她是怎样在艺术实践中一步步从"既革命又陈旧"的"文革"表达模式里蜕变出来,创造出自己心中想要的艺术形象与形式语言,实现

---

① 郎绍君、华天雪访问,华天雪录音整理:《卢沉访谈录》,载《美术研究》2010 年第 2 期。

其风骨。这是本文要继续讨论的主要问题。

　　周思聪艺术突破前在中国画人物画上的技术积累，主要得益于蒋兆和写生教学和黄胄速写的影响。从她在二十世纪七十年代初的写生来看，画得比较整肃的水墨写生近蒋兆和（比如《机车五班钳工林启泉》），而比较活泼的炭笔速写则近黄胄（比如《幼儿园》），她基本上是以"蒋兆和＋黄胄"式的技法语言进入主题创作的，这一技术结合在她的艺术实践中逐渐妥帖，她的创作能力也逐渐提高，"常画大画"。① 如周思聪 1977 年创作的《纺织工人无限热爱周总理》，从主题设定到形象处理都中规中矩，完全对应前文所总结的那八条"必须"，而且从技术上讲，也反映出她的进步和艺术上已达到驾轻就熟的程度。显然，她画得比较熟练也比较生动。但是，如果细琢磨，从整套作品——速写、画稿到创作——去观察，就能感到这种熟练与生动其实是一种内心冲动但风骨缺席的熟练描画。凭什么这么说呢？就凭那些看似潇洒的线、面、形、体，是直率简单欠缺内涵的，它们所生成的形象就好像没有地心引力一样，依旧是一副符合政治审美的空心表皮而已。

　　但是，这种情况在 1978 年明显出现了改变。当年周思聪为创作《人民和总理》曾赴邢台写生，所作中国画写生《邢台老汉》以及炭笔《震区速写》，明显要比她之前所有的写生、速写都更有个人的质感和内涵，能感到画家内心那根"孤独的弦"被灾区见闻深深拨动后在形象捕捉和刻画上的激动和起伏，线条涩重地跟着形象结构走又带着表现力，不像从前那么直率，却有分量和质量。这种手法转换到《人

---

　　① 　郎绍君、华天雪访问，华天雪录音整理：《卢沉访谈录》，载《美术研究》2010 年第 2 期。

民和总理》的正式创作上,即体现为线条和结构相互凝练并获得审美提升的一种视觉组织关系,它使得形象刻画更有骨感和力度,更呈现悲痛难抑的情绪。无论是中心人物周恩来,还是陪衬人物如年轻妇女和老奶奶等人的形象处理,都有这方面的特点。

其实,周思聪的这种强调笔线对形象结构的把控和表现意识,在渊源于蒋兆和、黄胄影响的技术层面上就已萌生,并非在创作《人民和总理》时才灵光乍现。但是,之前用线显得"率"和之后逐渐"涩",和她的身心被真正有共鸣的情感触动不无关系。并且,随着她越来越明确地意识到"粉饰的东西太多了,只有剥去皮看到本然,那才是生命力最强的"①,她的线骨结构意识与表现意识也才越来越突出。从1978—1982年间《矿工图》的创作过程来看,周思聪在艺术语言中"剥去皮看到本然"的努力主要就是通过"立骨"来实现的。这里,不妨以这套组画中与"背井离乡"相关联的两处形象塑造为例,就周思聪怎样在形象上"剥皮""立骨"做些具体的观察。

周思聪作《矿工图》组画之一《背井离乡习作稿》的时间,与她正式完成《人民和总理》紧挨着,前者画于1978年,后者完稿于1979年。从中不难看出,《背井离乡习作稿》在悲怆的情感基调上与《人民和总理》是一致的。但是,在艺术语言和形象处理上却又显得较为特殊,特殊之处就在前者的笔线关系并不如后者那样突出线的结构特质,但也不是1977年画《纺织工人无限热爱周总理》那样笔线轻快但少内涵的感觉,而是处于一种过渡的形态。这种过渡性特点同样也反映在《背井离乡习作稿》祖孙形象的表现上。相比之前周思聪塑造的那些好似气吹起来的形象饱满的人物,祖孙二人的形象在视觉

① 马文蔚编:《周思聪与友人书》,第53页。

周思聪 《背井离乡习作稿》(《矿工图》组画之一)
纸本设色 63.3 cm ×52 cm 1978 年中国美术馆藏

周思聪 《三道乐土》(局部)

周思聪 《三道乐土变体稿》(局部)

效果上已经呈现出蜕变的倾向,但相比之后周思聪矿工图稿中那些悲苦的形象,他们看起来则依旧显得有"化妆"的痕迹。《背井离乡习作稿》从语言到形象在审美转变上的过渡特征,所反映的正是周思聪挣脱过去表达模式的渐进转变过程,所谓"剥皮""立骨"的迹象已开始明确地显现在这个过程中。

可以与《背井离乡习作稿》人物做进一步比较的,是周思聪在1982 年创作《王道乐土》及其变体稿时描绘的那一对卖唱乞讨的祖孙(或父女)。① 同样是瞎眼的男人,同样是当作"眼睛"和"拐杖"依偎在身边的小女孩,《王道乐土》及其变体稿较之《背井离乡习作稿》,在形象塑造上已经是天壤之别。《背井离乡习作稿》上还残存的那一层旧模式的表皮,在《王道乐土》及其变体稿上已经荡然无存,只有由毛、涩、滞、重、不率的线条——脱胎换骨的"现代白描"——结构起来的如柴瘦骨和沉闷压抑的心理感受。皮剥、骨立、见本然,到此已经彻底实现。当时很多人看了这样沉重和压抑的艺术表达很不习惯,但这正是周思聪所希望的。②

令人不得不叹服的是,创作《王道乐土》的这种语言在周思聪1980 年创作《矿工图》第一张《同胞、汉奸和狗》时就已经形成了,这也就是说她只用了三年就从《纺织工人无限热爱周总理》那种"既革命又陈旧"的"文革"模式里跳了出来。而同样令人不得不叹服的是她驾驭这一崭新的创作语言如此胸有成竹,以至于让同样是高手的丈夫卢沉不仅自愧弗如,而且感到与之配合"插不上手"。"她比我画得好,"卢沉曾这样回忆 1982 年周思聪画《矿工图》之《王道乐土》

① 1981 年卢沉、周思聪合作的《矿工图》之六《遗孤》中也描绘有祖孙形象,但该作品为合作,故暂不将其列入讨论。

② 马文蔚编:《周思聪与友人书》,第 47 页。

的工作与结局，"思聪站在靠墙的大画板前起稿、勾线、上墨，一连几个小时不休息，不吃不喝，画得不满意，马上换纸，从头开始，或随手撕掉一部分，补上一块纸。这些要我来做笨手笨脚的事，思聪做起来很轻松。一张像墙面一样大的画，用不了几天就能完成，很快又开始接纸画《矿工图》之二《人间地狱》。按这样的创作势头，完成《矿工图》全部组画是不成问题的。没想到1983年夏思聪突然病倒，患了不可逆转的类风湿关节炎，不得不停止《矿工图》的创作。"①

　　以上所谈，主要是通过比对周思聪1978年后的作品，特别是《矿工图》的局部形象，让观众从视觉层面了解"剥去皮看到本然，那才是生命力最强的"这一认识在周思聪形象塑造上的发生过程，但这并不等于解释了"骨"的生命力形成即"立骨"的问题。而前文从艺术心理层面对周思聪内心之苦涩与人格之坚强的把握，尽管对理解这个问题有不可或缺的作用，但也终究不等于从形式语言层面分析了这个问题。至此，有必要基于"立骨"这一主旨，观察和讨论周思聪《矿工图》如何在形式语言方面做出了自己的努力，实现了一种独特的艺术风骨。

　　前面已经谈过，周思聪线造型的基础习得来自蒋兆和人物画教学与黄胄速写的影响，在艺术实践上也吸纳过"新浙派"人物画画家方增先的影响。② 她在"文革"前就已用线生动，有生活气息，但相对比较直率。1978年周思聪在《人民和总理》的素材形象搜集和处理方面较之从前已显现出别样的质感，趋于稳健和内在。到1980年

---

　　① 卢沉：《从写实、表现到抒情———一个天才画家的勤奋足迹》，朱乃正主编：《卢沉周思聪文集》，第102页。

　　② 刘国辉：《方增先的大格局》上海美术馆编：《名家谈方增先》，上海：上海人民美术出版社，2011年，第91页。

周思聪、卢沉 《同胞、汉奸和狗》(《矿工图》组画之一)
纸本水墨 178 cm×318 cm 1980 年北京画院藏

周思聪 《人间地狱》(《矿工图》组画之一)
纸本水墨 178 cm×190 cm 1982 年北京画院藏

周思聪在辽源煤矿完成的若干《矿工图》习作(包括水墨和炭笔写生),已着意突出线造型的主体性及反映对象具体特征和精神状态的丰富性与深入度,用线比较丰富和耐看,见骨也见韵味。《老矿工谢志仁》等一批写生作品之所以令人过目难忘,和周思聪提升用线概括对象的造型能力和品质密不可分。不难发现,与周思聪一起赴辽源煤矿写生的卢沉也在这一时期表现出大体一致的倾向。这中间发生了什么,让周思聪、卢沉的写生有了显著的进步? 勤能补拙吗? 熟能生巧吗? 不全然是。从他们当时所能接触到的外来资讯看,上海人民美术出版社先后出版的《美术丛刊》《外国素描参考资料》《尼古拉・菲钦素描选》(1979)等,其中特别是菲钦的素描对他们有显而易见的启发和影响。俄裔美国艺术家菲钦的人物素描特色是比较突出和强调线的结构性和概括表现力,辅以皴擦,细节呈现更细腻和内在,同时又不乏恰到好处的夸张。菲钦的素描语言与形象处理的特色对从"文革"艺术情境中刚迈出步子、想重画《矿工图》的卢沉、周思聪夫妇的技术启发犹如雪中送炭般,而周思聪更是心领神会。确如卢沉所评价的,他的悟性不及周思聪。[①] 同样是对一种外来影响的领悟,卢沉相对就比较在意学习别人塑造方法的优长,而周思聪似乎有一种常人没有的一看就会的灵性。从她的矿工速写和水墨写生来看,她更善于精炼概括,更善于抓她想抓的东西,也更着意于线造型下的人物风骨与线条韵味。较之《人民和总理》及其素材由过往的简率而沉稳的用线转变之后,《矿工图》及其素材用线明显有从稳下来后向深入和丰富表现的提升,这一在外来启发影响下的理解和提升,无疑

---

① 卢沉:《在周思聪作品回顾展暨研讨会上的发言》,朱乃正主编:《卢沉周思聪文集》,第106—107页。

丰富了周思聪下笔的艺术表现力，对形象风骨的感受和揭示更深入和细微，也更加耐看，这也契合着周思聪对人物夸张和变形的需要。

　　夸张、变形是周思聪创作《矿工图》情感伸张的需要和延伸。她说，"原来那种完全写实的和真的画得差不多的画法不足以表达我的感情，有时候觉得不够劲，不够味儿，非得变一变才觉得话能说清楚"。① "不变不得活"②——这正是她对艺术形象符合心理情感真实的进一步悲剧性审美的伸张，是她对"文革"艺术教条与禁忌粉饰形象最有力的挣脱和拆解，也是"立骨"的艺术需要。需要注意的是，

周思聪　《老矿工谢志仁》
纸本炭笔 49.5 cm×40.5 cm，1980 年北京画院藏

---

①　周思聪：《谈矿工图的形式语言》，朱乃正主编：《卢沉周思聪文集》，第 180 页。
②　刘国辉：《想起周思聪》，载《新美术》1996 年第 4 期。

周思聪对变形的理解、对构成的运用始终基于现实主义的认识维度。她在讲学中谈到这方面问题时也经常强调,"搞装饰变形,不要太外露,要朴实自然","要朴素、自然,不要人为地编造"①,"夸张是变形的基础,无非是为了更充分表现感情,扩大意境,达不到此目的是不能说服人的,这一切都取决于对生活的感受","盲目的拉长、变圆、变丑等等,太肤浅,要有造型基础,有目的"②。在这样的认识与要求下,周思聪在情之所至、形之所变、骨之所求的艺术实践中所认同和接受的外来艺术资源与影响,主要是来自现实主义中富有人道主义精神的画家(如珂勒惠支和丸木位里夫妇),而不是现代主义艺术家(如毕加索和高更)。更何况周思聪及其同代人在当时对西方现代主义艺术史的了解就非常匮乏,他们从自己熟悉且唯一熟悉的"现实主义视角"看过去时,常常感到难以理解和接受西方现代主义大师们的作品。③ 而即便是给周思聪带来直接视觉冲击的丸木夫妇的《原爆图》和《南京大屠杀》,对于周思聪的启导也多在艺术心理层面的震撼和鼓舞,并不是现成的方法与技巧。实际上,相对于丸木夫妇笔下造型的肉感,周思聪更强调造型的骨感;相对于丸木夫妇笔下造型与素描写实明暗关系的关联,周思聪对此则扬弃了更多。

　　形象上的夸张和变形,对中国画画家周思聪来说,随即带来的就是对笔墨跟进的要求。笔墨跟不上,形象上的夸张和变形就会流于皮毛,就会单薄。如果说此前周思聪人物画的笔墨主要是在写实范

---

① 周思聪:《谈话录》,朱乃正主编:《卢沉周思聪文集》,第183页。

② 周思聪:《思绪录——山东讲学提纲》,朱乃正主编:《卢沉周思聪文集》,第186页。

③ 周思聪自认对西方现代派艺术的知识"太贫乏",她在当时对西方现代派艺术的理解和接受非常有限,并且主要是从现实主义美学与艺术层面去把握的。(参见《周思聪与友人书》,第8、44、92页)

畴内服务和表现形象,那么夸张变形所带来的对形的解放和"不似之似"的情感抒发,则为周思聪笔墨表现的主体性创造了有利的条件,其突出反映之一,就是在人物形象的笔勾墨皴的塑造与处理上并不顾忌素描写实关系之准确,而只着意于是否较好地实现了对情感的诉求。同时值得注意的是,周思聪、卢沉当初因受到丸木夫妇《原爆图》和《南京大屠杀》的启发,在创作《矿工图》时"一反过去惯用的构图方法,尝试在同一画面中表现不同的时间、空间物象,用错综复杂的幻影描绘出那惨绝人寰的场景"①,这一构图层面的改变也为笔墨语言的构成性发挥提供了巨大空间,因为从形式来看,这种被描述为"平面构成"的方式对过去"三突出"的中心情节模式的打破,实际上使艺术关注的重心由故事情节的单一性描绘转向思想情感的丰富性表达,"其目的不是为使人赏心悦目,而是要使人为之震动,而深思"。② 这样,画面笔墨的黑白灰构成关系与氛围主要取决于视觉心理构成的强弱松紧对比,而非外在光源影响下的素描写实关系。

　　表现人物形象的主体性笔墨和结构画面布局的构成性笔墨对素描写实关系的扬弃,使周思聪进入了以我为主的黑白世界,而不是拘泥于写实的人物画。从这个意义上讲,与其说周思聪是在用她的笔墨画人物,还不如说是在用她的笔墨画一个黑暗悲惨的时代图景。这样的图景,远观如山崖绝壁的断面,有些又有如黑中透亮的炭块(如《人间地狱》),斑斑驳驳,疙里疙瘩。看到这些,我们才能体会到周思聪最服膺的老师、山水画家李可染给予她的"可贵者胆,所要者魂"的精神影响和笔墨意匠的艺术滋养。虽然,周思聪说她能够把她

---

　　① 周思聪:《历史的启示——关于〈矿工图〉的创作构思》,载《中国画》1981 年第 1 期。

　　② 同上。

书架上最宝贵的藏书《李可染水墨山水写生画集》(1959)里的全部画面都背下来,也有行家说周思聪的握笔和运笔方式与乃师近①,但从她的《矿工图》的总体笔墨形态上又看不出她与其师的直接关联。这其中固然有人物、山水对笔墨存在不一样的要求有关,但主要还是与她作为李可染的学生甚为清楚地明白乃师的教诲有关。她说:"可染先生对于学生,并非教授技巧,让你学会一种招数,而是赋予你一种精神,使你对艺术的真谛有所顿悟。他最反对那种'剔油花'的学习态度,捞几朵漂在面上的油花,自以为得了本事,像小商贩一样到处卖弄技巧。"②而周思聪所说的这种精神,就是李可染不断强调的"实者慧"的专注精神,就是"可贵者胆,所要者魂"的创造精神。在这样的精神启导中,周思聪的笔墨师心不蹈迹,全从她想要的丰富和突出画面氛围与人物形象的绘画性、情感性效果出发,既不像哪位古人,也不是乃师家法,但很耐看。她有这样的能力,也有这样的天赋。

变形对惯用的形象塑造的解放,构成对惯用的构图方式的解放,这双重意义上的解放使得周思聪笔墨表现的主体性和构成性有了立足和发挥的余地,也使得"立骨"有了新的艺术载体,被赋予了新的感情寄托。我们看到,周思聪的《矿工图》在以线为主,笔笔涩滞、给到、关联、概括、盘曲连贯地勾勒出错综复杂的悲苦形象的同时,基于形象和情感需要在人物结构和画面结构处充分发挥了不同层次的墨色皴擦和渲染,而笔墨效能的调度和发挥,也进一步衬托出了人物皮包瘦骨的骨骸形象及形象群落那种悲惨压抑中体现的艺术风骨的塑造,呈现出一种至今看来依旧震撼人心的艺术表达和精神格局。

---

①　刘国辉:《想起周思聪》,载《新美术》1996年第4期。
②　周思聪:《画风·师道·人品——献给李可染老师画展》,载《光明日报》,1986年4月27日。

结　语

　　周思聪在二十世纪七十年代末八十年代初张扬的艺术风骨,主要是在人生觉悟、时代苏醒、艺术觉醒相统一的内部自我完成的——当然,这离不开她无与伦比的艺术天分——这种将基调深沉悲壮、个体苦难意识与大时代拨乱反正的脉搏相互搭调,艺术形式筑基于自强不息的亲近美的事业精神的艺术风骨,从画家自身经历这一点看,正是她人生自觉的反映,艺术自信的表现。而从美术史这一条线索去看,是溯源于“五四”“艺为人生”的写实主义艺术在“文革”后时代的再发展,是“横眉冷对千夫指,俯首甘为孺子牛”的知识分子情怀的再发酵,是个体所表记的中国现代主义美术自觉精神历程的重要组成之一。

　　1984 年,周思聪曾这样总结她所体会的艺术成功的三重境界:“昨夜西风凋碧树,独上高楼,望尽天涯路”,此第一境界;“衣带渐宽终不悔,为伊消得人憔悴”,此第二境界;“众里寻他千百度,蓦然回首,那人却在灯火阑珊处”,此第三境界。①

　　三十余年过去了,当我们蓦然回首时,能看到年寿不长但艺术生命力却历久弥新的周思聪,她给予我们的启示远远要大于她所能实现的。

---

　　①　周思聪:《思绪录——山东讲学提纲》,朱乃正主编:《卢沉周思聪文集》,第 188 页。

唯拓展方能超越

——主题性美术创作的内涵范畴与未来机遇

于　洋

近些年来,随着几项国家级美术创作工程的陆续推出,各地美术创作力量积极响应,涌现出一批主题鲜明、水准上乘的精品力作,作为热点板块的主题性美术创作引发了美术界乃至更大范围社会群体的关注。那么,我们该如何认识"主题性创作"的概念范畴与核心追求?"主题性"体现在美术创作方面的内涵与外延又是什么?主题性创作在当下和未来有哪些重点课题与学术生发点?这些问题常会盘桓在我们面前,却又往往没有相对清晰的答案。

从经典名作的数量与表现题材来看,主题性创作在百年以来的中国近现代美术史上占据大半壁江山。然而客观地来看,曾经有很长一段时间,过重的意识形态与社会政治性约束,一度压抑了新中国成立后美术创作的本体价值与形式审美:正如当我们今天面对主题性创作时,常常会意识到要规避某些宏大叙事与模板化的表现手法,当我们在当下面对这一课题,往往对于"主题性创作"的认识仍简单而含混地停留于"主旋律""历史画""重大题材"等范畴。因此,我们今天对于主题性创作的思考,不仅需关注表现手法和创作细节,反思与建构也应从其概念本身开始,从而更准确、全面地理解"主题性创作"的范畴、方法与外延的可能性。

关于绘画乃至艺术创作整体的"主题性"概念的辨析,牵涉政治、社会、历史、文学、民族学、艺术生态学等诸多领域的问题,其范畴本身亦具有丰富而复杂的结构。很长时间以来,诸多学者、艺术家针对"主题性绘画"一词进行过多轮讨论。早在二十世纪八十年代,面对反映时代精神与民族命运的主题性绘画创作,邵大箴先生在《更上一层楼——看四川美院画展有感》(发表于《美术》1984 年第 6 期)一文中对于"主题性"的概念就做过回溯与阐述:"'主题性'这个词,大概是五十年代从苏联美术评论中引进来的。俄文 Тематическая Картина,是指有情节的历史题材画、风俗画等:看来这个词的含义很模糊,因为绘画都是有主题的,印象派式的风景画,一般的即兴之作,不能说没有主题,即使标榜无主题的抽象画,其实也是有主题。""主题"与"主题性"的概念本身均具有词义的多元指向,从广义的角度,"主题"贯穿于所有艺术创作的表达过程,任何艺术创作都有其主题的指向,都带有广义的"主题性创作"特点。

对于这一词语的讨论,如果将"主题"一词拆解出来阐读,将有助于更为深入地理解"主题性美术"。"主题"一词首先在艺术领域出现,最早源于德国的一个音乐术语,指乐曲中最具感染力的一段核心旋律,即一段乐曲的主旋律,是整个乐曲在内容和形式上的核心。后来"主题"这个音乐术语被广泛应用于其他艺术门类,诸如文学、美术、戏剧、影视等文艺创作中。对应在传统文学概念中,"主题"一词

王明明、李小可、庄小雷、徐卫国 《长城秋韵》
中国画 473 cm×670 cm 2016 年

与"立意""主旨"等意思相同,强调的都是文艺的核心思想。按此理解,"主题性"创作一般泛指表达具有强烈主题目的、相对复杂含义内容的特质;而相对而言的"非主题性"创作,则与"主题性"创作相对,指比较随感而发、即兴创作的作品。在笔者看来,对于"主题性美术创作"概念范畴的判断与理解,创作的题材或风格本身并不能在独立意义上揭示"主题性",而作品整体构思与具体艺术表现的合力,才共同指向了一个"召唤结构",作品是否能够引起广大受众的集体性共鸣,才是主题性创作的核心主旨。因此,不单是表现革命历史、英雄或领袖形象,表现一个底层的劳动者、表现平凡生活中富有意味的日常场面,同样可以召唤"主题性"的呈现。

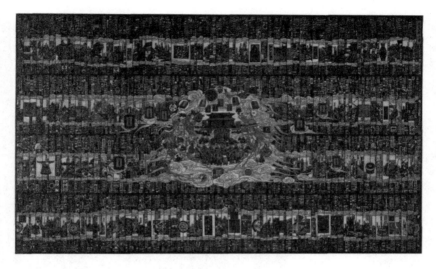

张敏杰　《〈四库全书〉与南北七阁》
版画 282 cm×501.5 cm　2016 年

　　显然，主题性美术具有较为明确的时代规定性与意识形态属性。其具有鲜明的时代精神和时代特色，同时在作品中不同程度地体现了国家的意志，具有一定的针对性和导向性。有一些艺术家与学者提出，"主题性"首先意味着对于美术创作题材的重要性的限定，认为"主题性"主要指"重大题材"；而有的学者则认为主题性美术是以一个事件或故事的背景为依托创作，要有一个明确的主题，却不一定是重大题材，更不一定是现在具有特定内涵的"主旋律"。在这里牵涉出"重大题材"与"主旋律"两个相关的概念，尽管这两个概念在所指范畴上各有侧重，具有含义上的微妙差别，但二者都强调了美术创作的政治指向性与意识形态属性。

　　如我们所知，"主旋律"美术作为对新中国以来艺术创作现象的一种概念描述，一般是指通过艺术作品的创作与传播，在社会文化环境中建构一种体现国家政权对审美文化生活起引导作用的主流力量,在精神取向、审美格调与风格手法上反映一定时期内社会政治文化主导趣味的作品总述。正如"主旋律"一词在音乐学术语的原初含义指在一部音乐作品或一个乐章行进过程中再现或变奏的主要乐句或音型,"主旋律"美术创作强调作品题材的宣教功能,及其对于受众的指导和示范作用。新中国成立以来,"主旋律"创作以集体主义的情感与胸怀,以强调"共性理想"而非宣扬"张扬个性"为创作动机,偏重对于"主题内容"的营构而非针对"形式风格"的创新为立意起点,力求通过艺术形象传播国家意志与社会风尚。正是在这一点上,"主旋律"题材风格在艺术表现与大众接受层面,也经历着矛盾中的调试。从着眼点与社会功能诉求的差异上,可知"主题性"不同于"主旋律",前者的概念范畴更为宏阔,更具有多元的包容性。相较而言,主题性美术创作重在对于社会时代精神的宏观考察与记录表现,因此在图像叙事的同时,更加强调美术表现手法的本体深入性。

另一个相关概念"重大题材创作"则是一个相对性的定义,其特点是具有相对较大的作品尺幅与体量,并常常带有自上而下的题材规定性,表现国家意识形态与民族意志,往往以国家订件、命题招标等项目工程的形式,有计划地组织艺术家进行美术创作。重大题材美术创作的特殊性在于其往往尺幅宏大、容量丰富、创作周期长、影响面广、多为命题或半命题创作,常以有组织的美术创作行为与系统工程的方式呈现。这种系统性与规划性特点,决定了这一类创作带有较为浓重的时代烙印,以视觉图像的方式塑造国家形象与政治意志。

题材的"重大",提示了创作题材的决定性地位。也正因如此,"重大题材"主题先行的既定模式,一方面标示着作品的政治宣传作

王洪亮、孙玉敏　汉武帝
雕塑 200 cm×185 cm×210 cm　2016 年

韩书力、边巴顿珠　《忽必烈与帝师八思巴》
布面重彩 513 cm×334 cm　2016 年

沈嘉蔚、王兰　《曹氏父子与建安文学》
油画 505 cm×385 cm　2016 年

用和集体主义关怀,另一方面也似乎成为一种桎梏和限定,在一定程度上束缚了作为个体创作者的想象力和创造力。历史上大量艺术作品与事实证明,片面而模式化的题材非但不能"决定"艺术作品的阶级性与政治倾向性,反而会在很大程度上抑制艺术价值的呈现。事实上,主题的"大"与"小"不能止于表象的臆断,在很多优秀的艺术作品中,见微知著、小节中见大义的表现手法更能打动人心,显现出社会万象与个体心理的真实。"主题性创作"的概念正是回避了对于"主题"本身程度与范畴的规限,一方面暗含了"任何创作都有其主题"这一前提,并依此指向"任何创作都可能是'主题性创作'"这一广义的"主题性创作"概念,将"主题"的意涵放置于一个更为包容性、开放性的空间。由此,除了选取古代、近现代中国各历史时期具有影响力和代表性的重大历史事件和历史人物作为主题内容进行表现,直面当下社会发展与日常民生的现实情境,从细节性的现实彰显时代风貌,以小见大、润物无声地呈现社会人文的变迁,更成为当下与未来很长一段时期"主题性创作"的重中之重。

　　"故事自然衍生出意义,还是搜罗故事为了意义服务,二者之间有着根基性的差异。"这是笔者最近所读一篇网上影评中的一句话。同样讲述故事,因语气、表情和姿态不同,效果与氛围也会大相径庭,是正襟危坐还是促膝近谈,是照本宣科还是有感而发,真情实感的传递,有时主要不是依靠创作技法的传达,而是作者全身心的、饱含温度的精神投入。无论是"旧瓶新酒",还是"新瓶旧酒",题材内容或表现手法的新变,都可以成为主题性美术创作创新的契机。在这一前提下,只有在题材内容、思想表现、情感传达层面拓疆扩土,求新求真,不拘于旧有风格与经典模式,深挖作品的情境内涵,方能经由范畴的拓展,实现精神的超越。

君归来兮?

——打开《何日君再来》的"死结"

李 岩

引

"兮"本虚词,但今天它成为"实词"——《重庆商报》党委牵头,联合铜梁区委、宣传部,重庆市文联及音乐家协会,在中共重庆市委宣传部等多个单位指导,并在人民网、新华网、《重庆日报》、《重庆晚报》、重庆电视台、重庆音乐广播等媒体的参与下,"纪念刘雪庵诞辰一百一十周年音乐作品研讨会",2015 年 7 月 22 日九时二十分许如期在雪庵先生故乡——重庆铜梁隆重举行,这无疑是雪庵先生音乐精神的"衣锦还乡",笔者作为该会被邀"主旨发言人",粗浅地认为:纪念刘雪庵的意义,除他作为一位抗战时期重要作曲家、音乐教育家、伟大的爱国者外,还有以下数点。

一　多种情怀

对"抗战音乐创作主将"之一纪念的庄严时刻,我们不应忘记,刘雪庵先生在多样题材、体裁的音乐创作、各式文论中,是有着多种情怀的,其中:既有家国之恨、爱,更有宽广的国际主义;既有慷慨激昂、催人奋进的抗敌情状,更不乏涓涓细语、莺啼鸟鸣的清丽意趣,还有流连婉转、爱如潮涌的情人恋情。所以他的爱表现出大爱、挚爱、深爱,而这也是那个灾难深重的年代赋予他的使命:在奸淫、烧杀、掳掠无所不用其极的日本侵略兽军无耻行径,及国土沦陷、生灵涂炭、妻离子散、家破人亡之时,人们的情感更加复杂而多样,很难、也不可能以单一的艺术手段,来鼓舞抑或抚慰各阶层国人创巨痛深的心灵,君不见:那激昂、单一而又不失壮伟的"抗日救亡歌咏"不也一时成为"伟大而贫弱的歌声"①了吗? 所以,在对他风格多样的音乐创作进行评价之时,最见功力也最考验评论者底蕴并引人瞩目的,当属对最富争议的《何日君再来》一曲的评判,因不可能从单一的音乐抑或歌词之一面,就能得出"令人信服的结论"……最新两条见解(来自重庆市铜梁区作协主席李明忠——《何日君再来——刘雪庵

---

①　李绿永(李凌——引者)之诘问:"新音乐运动到低潮吗"? 恰映衬了当时抗日救亡歌咏运动、因"空洞、一般、公式、不切实、产量太少"(《新音乐运动到低潮么?》,载吕骥编:《新音乐运动论文集》,哈尔滨:新中国书局,1949 年,第 39 页)而呈"低潮状",其被吕骥诗意地称为"伟大而贫弱的歌声"(《伟大而贫弱的歌声》,载吕骥编:《新音乐运动论文集》,第 14 页),由此显现:单一的艺术风格与作品,绝难满足当时人们多样之文化需求。

传》的作者）：1. 它是刘雪庵早逝恋人、音专同学孙德志的墓志铭；2. 其曲、词，均出自刘雪庵之手。① 对"墓志铭"之说，因出自小说家手笔，故笔者特意进行了相关资料的核实：据刘雪庵幺子刘学苏（家中排行老五）对刘学达转述："贺绿汀在世时，曾到北京团结湖家中看望家父，学苏问过贺绿汀与孙德志的往事，贺称：'刘雪庵与孙德志谈过恋爱'"②；查孙德志相关资料，他曾于 1935 年 4 月 4 日与周作人（鲁迅弟）之子周丰一，在北平"来今雨轩"饭庄（现北京中山公园内、东侧）订婚，并留有订婚照一幅（见图 1）③，故说刘雪庵对孙德志"单相思"恐怕不妥，因刘雪庵对德志确有"特殊情谊关系"（详下），并于孙德志逝世后，于悲恸中，刘写过《孙德志女士传略》（并附照片一幅，见图 3），称：

> 孙聆女士字德志，江苏吴县籍……民国六年一月八日生……廿二年暑假……投考国立音乐专科学校……录入声乐组肄业……女士以歌喉天赋……聆其歌喉声音者，莫不许为继喻宜萱而起之吾国第一女高音，虽功夫不及喻女士之老练，而发音之正确、清晰，表情之深刻动人，实为国内一般歌唱者所不及。盖女士于国语、法语擅长之外，英、意语言，亦有相当研究，故无论中外作品，一经女士之口心融会，莫不神情毕现也，去年（1934——引者）冬……以《布谷》④

---

① 李明忠：《何日君再来——刘雪庵传》，重庆：重庆出版社，2014 年，第 107—112 页。

② 刘学达：《〈何日君再来〉词曲版本研究》，北京：刘学达致李岩信 2015 年 8 月 20 日。

③ 宋心灯 1935 年 4 月 4 日摄。《北洋画报》，1935 年 4 月 16 日，第 1231 号第 2 版。

④ 刘雪庵：《布谷·民歌创作集》，上海：商务印书馆，1936 年。按：此歌为刘雪庵所作艺术歌曲，刊于 1936 年，但显见 1934 年即已流行。

一歌、为各校同学所模仿,历时旬月之久,与人印象之深刻,能超过国内一切音乐会纪录,今年五月,国立音专假新亚酒店……惟以特殊情谊关系,曾为文化影业公司《父母子女》声片代收《出征歌》①一曲,不图此曲竟系女士唯一珍贵之纪念也,五月底,女士受朋友苦邀往苏州东吴大学表演,归来即染伤寒重症……不幸竟于九月廿日午后九时与世长逝,伤哉! 造诣方深,前程正远,名葩未发,摧折遽如,是诚我国艺园中一伟大损失也。②

其言真意切,非热恋中情人,绝难出此妙笔。据刘学达讲:"现其家中相册,还留有孙德志女士去世后殡仪馆的照片,斯人已逝,刘雪庵思念之时,只能用音乐家的方式在家经常措词哼《何日君再来》歌词,通过灵魂与琴键的碰撞,不断在心中默念和修改,在脑海中基本完成了《何日君再来》词曲创作。"③故刘雪庵于 1967 年 6 月 20 日的日记中曾明确写道:"我的《何日君再来》……"④;问题是,"特殊情谊"到底有何种情状? 据一知情人称:

---

　　① 　刘雪庵曲、潦心灵词:《出征歌》,麦伟编《抗战歌曲集丛》(增补再版),汉口:祖国出版社;转余峰等:《刘雪庵歌曲集(内部铅印本)》,2008 年,第 73 页。按:此歌写出与刊出时间亦不一致。

　　② 　刘雪庵:《孙德志女士传略(附照片)》,上海:《电影文化》1935 年第 1 期。

　　③ 　刘学达:《〈何日君再来〉词曲版本研究》,北京:刘学达致李岩信,2015 年 8 月 20 日。

　　④ 　类似的日记还有:1. 刘雪庵 1966 年 11 月 15 日,曾自我批判道:"明知黄色歌曲不好,但为了稿费、版税,宁肯改用笔名,也要去拿这笔钱。"(刘学达提供)按:"黄色歌曲"即《何日君再来》,"笔名"详后;2. 刘学达称:据 1969 年 7 月 23 日家父日记中记载:"《何日君再来》在百代公司灌唱片时,家父作为词曲作者最终决定灌片出版。"此据刘学达先生提供的刘雪庵日记,即:在 1967 年 6 月 20 日——已进入"文革"期,刘雪庵在带自我批判性质的日记中,曾亲笔写了如下文字:"1967.4.11—9.12 我把我的《何日君再来》作为反面教材来说明这个问题。20/6"

《父母子女》剧中穿插有《出征之晨》①—独幕短歌剧，需男声女声多位合唱，《出征歌》之作曲者刘雪庵氏遂代为介绍国立音专同学多位参加合唱，其中尤以孙德志女士最为兴奋……当五月一日，在摄影场收音之夕，虽工作午夜至次晨，犹无丝毫倦容，歌罢，在晨光曦微中送之登车返寓，仍见女士与诸同学引吭高歌，谈笑甚健……②

其中的细节，如刘雪庵代为介绍诸同学参加短歌剧演出，惟孙德志最为兴奋，收音时，孙德志从午夜到次晨毫无倦容等，均表现出一种只有在"特殊情谊"下的情态，虽文中未点明刘雪庵，但作为曲作者，在收音——即灌制唱片——现场是不可能不出现的，而所谓热烈的交谈，刘雪庵也不可能不在场，此时的孙德志很可能已由爱曲而恋人了，故她才"最为兴奋"……这些文字隐约显现出刘、孙之间恋爱的热烈场景。特别是孙德志生平的那么多细节，很可能是孙、刘在热烈交谈之中所透露的，故刘能在相当短的时间（1935 年 9 月 20 日至 10 月约十天）内，写成其长篇《孙德志传略》；当然说孙脚踩两只船更不妥，这有待大量相关历史材料加以证实。

数年前，笔者曾写下这样的文字：现有钱仁康"《何日君再来》的词作者'贝林'是刘雪庵的笔名"的证明材料，且已在 2007 年 9 月 13 日

---

① 也即《出征歌》源出短歌剧《出征之晨》。
② 绍虞：《11—12 月〈附记〉》，上海：《电影文化》，1935 年第 1 期，第 34 页。

图1　1935年4月4日,宋心灯摄　　　图2　孙德志与音专同学凌安娜
　　　孙德志与周丰一订婚照　　　　　　（左,钢琴专业)的合照①

图3　《孙德志女士传略》所附照片　　图4　《音乐小杂志》第一期封面

得到北京市公证处的"公证"。①②③　窃以为：李明忠正是缘于前述一系列材料，得出上两结论。

---

①　证明材料一：刘雪庵1952年7月10日称："1937年4月前后，艺华公司布景师方沛霖想做导演，仿照好莱坞的办法，弄一部歌舞片，名《三星伴月》，准备把上海可能罗织的'歌星''舞星'都搬上镜头，可能罗织的作曲者每人替他谱一个歌，以便迎合各种不同兴趣的观众都来看他的影片，好一举成名奠定他在电影界的导演地位。我在艺华知道这件事，当时也鄙视这件事。他要我替他作支歌，影片上是周璇广播时唱的。我连剧本都没有看，内容一点也不晓得，但是为了报酬，我就把当时对应付一般电影商那样粗制滥造的骗钱手段使用上，我把平时有空哼成的一些中国风味的曲调，临时填上《何日君再来》的词，然后配上一个爵士化节拍的手风琴伴奏，交给方沛霖拍入电影（后）……百代公司灌成唱片……"参见刘雪庵：《检察我严重毒害人民的两支歌——〈红豆词〉和〈何日君再来〉》，苏南文教学院编：《学习报》，1952-7-10：97；转自余峰等编：《刘雪庵文集》，北京：中国音乐学院"刘雪庵课题组"（内部铅印本），2007年，第99页。

②　证明材料二：余峰教授领导的刘雪庵课题组成员李世军，专此写一短文（未发表），称："《北京晚报》有'《何日君再来》一歌……由刘雪庵作词作曲'的报道，《北京晚报》评论员说《何日君再来》是刘雪庵作词，刘雪庵本人也说是自己填的词，但黄嘉谟与刘学苏说是贝林填词。到底事实真相如何？带着疑问，笔者专门采访了刘雪庵的小儿子刘学苏和大儿子刘学达。针对我的提问，刘学苏说："1986年的文章《〈何日君再来〉的创作始末》（参见刘学苏《〈何日君再来〉的创作始末》，济南：《音乐小杂志》，1986年6月号。转自余峰主编：《论刘雪庵》（内部铅印版），1986年，第243页）是潘子农要我这么写的，潘子农说，如果我不说歌词是别人写的，我父亲的'反动'、'黄色'作曲家的帽子就摆脱不了。"（转自李世军《歌曲〈何日君再来〉曲词的身份认证》，未发表，2007年）据刘学达回忆1："'文革'期间，我陪家父散步时，就问过《何日君再来》的词作者是谁？可能基于当时的政治形势，家父并没有正面回答我，只说将来会清楚的。"（刘学达，2015）回忆2："上世纪八十年代初反精神污染，家父老友，上海淮剧团潘子农违心地在《解放日报》发表了《澄清一件史实》一文，后又对刘学苏说：为了保护你父亲，潘子农让刘学苏也撰文说《何日君再来》是黄嘉谟作词"（刘学达，2015）；此言作为李世军文章的旁证，在此一并出示。

③　证明材料三：贝林，何许人也？2007年8月8日，刘学苏接到钱仁康先生的信，大致内容：钱仁康将《何日君再来》的词作者"贝林"进行了大致的认定，钱的原文："贝林可能是刘雪庵填词用的笔名，也可能雪庵用了方沛霖的谐音。"（刘学达，2015）后刘家将刘雪庵的笔名的上述证明，邮寄给中国音乐学院人事处，北京市公证处《何日君再来》的上述记载，在2007年9月13日予以公证。中国音乐学院音乐学系余峰教授据此于2007年9月11日致信中国音乐学院人事处，称："从刘雪庵自述以及文献资料中证实，贝林是刘雪庵的笔名。"（以上材料由姜雪提供，特此致谢）

二　"庄、谐"可否并重？

在战争年代,有无娱乐、消遣的权利？中国人民是从以抗战为主旨的年代走来、远去,因在那个年代,曾经有这样强势的论调：

> "救亡歌曲"之外,不是别的,也还是抗日救亡的音乐,不管用什么形式,不管怎样处理题材,总之,都应该是抗日救亡的。一切"与抗战无关"的音乐——不管他是有意或无意地接受敌人的欢迎的,或涣散自己的团结的,我们都要坚决反对。①

由此衍生出与时代主题——主旋律无关的一切音乐,甚至三拍子被视为小资情调,抒情歌曲也被严肃批判的"场景"……而正是这个抗日战争时代的当然之论,将刘雪庵《何日君再来》之类的"谐""谑""活泼""调笑"型作品,一网打尽,且不留任何"活口"！甚至连《红豆词》也被列入"黄色歌曲"。但我们今天要问：其合理否？"庄、谐"并重,在历史上是一个更大的"现实"！

其一,1906 年李叔同在东京创办《音乐小杂志》时,封面(见图 4)：带壳的罂粟花,与激昂的《马赛曲》旋律的并置,则是：使人激

---

① 天风：《"救亡歌曲"之外》,重庆：《新音乐》(第一卷),1940 年第 5 期,第 37 页；吕骥：《新音乐运动论文集》,哈尔滨：新中国书局,1949 年。

昂、奋进的《马赛曲》之"庄""正"，与使人疲软、迷幻的罂粟之"邪""欲"的音乐性质"正""邪"两端之二十世纪初风雅文人叔同先生之"李氏"读解。

其二，二十世纪四十年代，抗日战争硝烟四起，抗战歌曲响遍延河两岸之时，也有美军驻延安观察小组组织的舞会①及经常性的"周末交际舞会"，在优美的华尔兹、探戈的乐声中，也常常见到与年轻的中国、外国女性跳舞的毛泽东、朱德、周恩来、陈毅等八路军领导人的身影②，这是否也可视作一种"庄、皆并重"呢？

其三，自2001年11月20—21日在中国音乐学院召开"纪念黎锦晖诞辰一百一十周年学术研讨会"后，黎锦晖的悬案已"拨云见

---

①　弗拉基米洛夫（按：为共产国际派驻延安联络员兼塔斯社记者）1944年11月19日在日记中写道："在美国人举行的晚会上，有威士忌、白兰地、甜酒、杜松子酒……当然，还有跳舞大受欢迎。我一想到延安来就一定会想到那架留声机！还有咔嚓咔嚓地转着的破旧唱片，以及挤来挤去的人群，他们那嘶哑的喉音，拖着走的舞步，冒着热汗的面孔……"（彼得·弗拉基米洛夫：《延安日记》，吕文镜等译，北京：东方出版社，2004年，第331页）此段文字可证，延安确有舞会，并且弗氏印象之深到了几乎是延安代名词的程度，这只能说这种舞会举行的频度很高罢了。

②　有大量研究表明，延安"周末交际舞会"，是中共"高层"主要娱乐方式之一。它的引进，与美国记者史沫特莱（Agnes Smedley）有关，她当时看到中共领导人周末交际生活单调乏味，就有了教他们学习跳舞的想法（《史沫特莱文集·中国的战歌》第一卷，袁文等译，北京：新华出版社，1985年，第159—160页），在史沫特莱的鼓动下，交际舞成为延安中共高层业余娱乐生活的主要方式。曾留学欧洲的朱德非常喜欢跳舞，"他跳舞和他工作一样，孜孜不倦，似乎觉得这也是打破旧中国封建传统的方法之一"（《伟大的道路：朱德的生平和时代》，梅念译，北京：三联书店，1979年，第4—5页）。毛泽东的"舞姿就像散步一样"，毛对跳舞有独到的理解："跳舞就是照着音乐走路。他常常一边跳舞，一边和陪他跳舞的女教师或是女学生聊天，还喜欢开玩笑。"而周恩来的"舞姿格外潇洒、优雅、娴熟，堪称'舞会王子'，鲁艺的师生们都对之倾慕"。（王培元：《延安鲁艺风云录》，桂林：广西师范大学出版社，1999年，第56页）关于跳舞，毛泽东曾回忆说："在延安我们也经常举办舞会，我也算是舞场中的常客了。那时候，不仅我喜欢跳舞，恩来、弼时也都喜欢跳呀，连朱老总也去下几盘操（形容朱德的舞步像出操的步伐一样）。"（尹纬斌等：《贺子珍和他的兄妹》，北京：中国广播电视出版社，1998年，第178页）

日"了。① 就在这次会议上，黎锦晖的《毛毛雨》被定性为"划时代的作品"，因此歌开启了"流行音乐"的"时代"，那怎能不"划时代"？2005 年 11 月 26 日，在中国音乐学院召开的"刘雪庵诞辰一百周年的学术研讨会上"，我曾呼吁："要展现刘雪庵真实全面的形象，必须对《何日君再来》等歌曲重新界定，否则后人看到的'刘雪庵'，将是残缺不全的！"对此歌的评介，业已形成刘雪庵及其作品研究中的一个"死结"。这一发言得到很多与会代表的共鸣，我曾期盼着另一次"拨云见日"的奇迹，在刘雪庵身上再现。但在 2005 年 11 月 25 日晚，"万里长城万里长：刘雪庵诞辰一百周年纪念音乐会"上，《何日君再来》的空缺，说明要将"刘雪庵问题"来一次根本性转变，还有待时日。我有理由期待 2015 年 7 月，在重庆铜梁召开的"纪念刘雪庵先生一百一十年周年音乐作品纪念研讨会"中，有"奇迹"的发生，果真，此次会议的两主题之一"新版《何日君再来》全球征集发布"——即不但要重演，还要对此进行翻新、加工、设计。这是 2015 年 7 月 22 日九时四十分许，发生在刘雪庵及其杰作《何日君再来》上的奇迹。在重庆市铜梁区常委、区委办主任欧汉东的"新版《何日君再来》全球征集令"中，欧主任宣读了如下文字：

> 今天，我代表活动主办方，发布新版《何日君再来》征集令，面向全球征集《何日君再来》的姊妹篇，为的就是发扬刘雪庵的爱国求真、不断创新的正能量，调动更多人的积极性，让他的艺术火种能够在华夏大地上传承下去……希望

---

① 李岩：《冬来了，春还会远吗？——纪念黎锦晖诞辰一百一十年学术研讨会要点实录》，《中国音乐学》2002 年第 1 期，第 141—144 页。

广大音乐家、音乐人能够借此契机深入参与创作活动,积极
挖掘研究刘雪庵的创作特点、艺术风格,继承和发展其音乐
"遗产",让刘雪庵的文艺精神不断传承下去。①

　　其气魄之大、观念之新——《何日君再来》已成正能量、调动幅
员——全球范围、人力(除音乐界当仁不让,还有社会各界)之广,令人
为之一振,并在财政上出以重拳——金奖 10 万元(1 名)、银奖 3 万元
(1 名)、铜奖 1 万元(1 名)、优秀奖 3 千元(3 名);我多么希望时间在此
刻停止——不要再生变化以持续奇迹的时长,但会议结而未束——当
我还滞留重庆之时的 7 月 24 日星期五上午十点二十九分,主办方之一
《重庆商报》时政部主任张军兴短讯通知:

　　　　昨晚(即 7 月 23 日,也即《何日君再来》全球发布令的
　　第二天——引者)有关单位把征集新版《何日君再来》变成
　　了"整理铜梁安居古城旅游形象歌曲"。

　　其如五雷轰顶,彻底打碎了我的"奇迹梦"! 个中原因,用最时髦
的"你懂的"是解释不通的。对此,我宁愿"不懂"!
　　其四,2009 年 3 月 29 日下午,前国家领导人李岚清出席教育
部部长周济主持的"《李岚清中国近现代音乐笔谈》首发式暨 2009
年高雅艺术进校园活动开幕式"(见图 5,李岩摄)中,李媛(李岚清
的孙女)演唱饱受争议的《毛毛雨》(钢琴伴奏为黄小曼,中央歌剧

------

①　欧汉东:新版《何日君再来》全球征集令,重庆铜梁区委会议中心第二会议室,
2015 年 7 月 22 日上午九时四十分许。

图 5　《李岚清中国近现代音乐笔谈》首发式暨 2009 年高雅艺术进校园活动开幕式

院副院长、钢琴家，见图 6），从而使《毛毛雨》自诞生之日起，首次在中国音乐最高殿堂现身。由此可能传达了一个信息：这已经是把《毛毛雨》看成是"高雅音乐"了，但正如笔者所言，这仅是吃正餐（听交响乐等高雅音乐）之后的零食，而李岚清等国家领导人能够把《毛毛雨》"看作是可吃的'零食'，绝对是一个伟大的进步！"①由此构成 2009 年度的一个重要"音乐事件"，它是"中国艺术由重庄，至庄谐并重时代到来的信号，恰如演出者身着的红、绿颜色，是春的讯息"。（见图 6）

---

①　李岩：《又见毛毛雨：国家大剧院上演〈毛毛雨〉的意义》，《吉林艺术学院学报》2009 年第 3 期。

图6　李媛演唱饱受争议的《毛毛雨》(钢琴伴奏：黄小曼)

三　评价·追讨·结论

(一)"非"音乐亡国论

忆往昔,唐朝开国时的大臣杜淹劝太宗将前朝《玉树后庭花》《伴侣曲》之类亡国之音废除,太宗"不以为然",并认为音乐与亡国无关。① 按理说,今人应该比古人有更大的气魄! 特别是面对一些在历史上有争议甚至产生过"负面影响"的作品,我们应以多重角度重新加以审视,才能得出不同以往并令人信服的结论!"非"音乐亡国论——即音乐绝不是亡国之音——"因",一个国家,如果能够被所谓的"靡靡之音"摧垮,那只能说它太脆弱了,而且也没有一个"先例"可证此论的正确。这种夸大音乐社会作用的所谓"理论",本属于"庸俗社会学"范畴,应在今后的学术研究中避免,甚至去除,并要严加批判。

(二)五笔账

1. 艺术账。徐天祥君(时为中国音乐学院音乐系学生)曾说,《何日君再来》(以下简称"它")"在早期中国流行音乐史上起着里程碑式的作用"。② 梁瑜③称:《何日君再来》是刘雪庵"继往开来"的代表作④,这还仅是从艺术上算的一笔账。

2. 经济账。演唱此歌即变成明星的天文数字可证,"它"在好马

---

① ［唐］吴兢:《贞观政要·礼乐》;蔡仲德:《中国音乐美学史资料注译》,北京:人民音乐出版社,2004 年,第 545 页。原文:太宗曰:"礼乐之作,是圣人缘物设教……治政善恶,岂此之由?"御史大夫杜淹对曰:"前代兴亡实由于乐。陈将亡也,为《玉树后庭花》,齐将亡也,而为《伴侣曲》,行路闻之,莫不悲泣,所谓亡国之音。以是观之,实由于乐。"太宗曰:"不然……"

② 徐天祥:《何日君再来:当代(近现代)中国音乐关键词系列之二》,《天籁天津音乐学院学报》2005 年第 2 期,第 50 页。

③ 2005 届中国艺术研究院中国近现代音乐史专业研究生,指导教师:李岩(研究员)。

④ 梁瑜:《时代曲流行的历史及成因研究:以〈天涯歌女〉,〈何日君再来〉,〈夜来香〉为例》,中国艺术研究院研究生院硕士论文(指导教师:李岩),2008 年。

配好鞍的过程中,造就了无数明星的巨大艺术效益。① 此外,"它"的天量版权及由此而来的经济收益,不在中华人民共和国的理论工作者思考及工商税务、版权部门追缴的"范围"之内,这绝对是一种怪现象!

3. 由"君"之歧义引发的两笔账。

(1)"皇军之君"。我们暂且不说"它"不是汉奸歌曲,抑或"汉奸"之名,早已由过往的历史证明,不属于"它",更不属于刘雪庵。所谓"希望皇军来",是子虚乌有的"罪名"与"臆断"!

(2)"国军之君"。"它"曲折地发挥了抗日的作用——即由"君"之义而演变为期盼"国军"再打回来,把日本鬼子赶出沦陷区的良好愿望。

---

① 演唱此歌并成名的艺术家,据不完全统计有:王秀文(首出日语版唱片 1 张),周璇(出不同版本的唱片 9 张),黎莉莉、李香兰(各出唱片 1 张),邓丽君(以国语、日语、印尼语共出约 44 张唱片)。除此,共有四十余位歌手(包括各种组合形式)及演员翻唱了《何日君再来》,并出版唱片共计 53 张,如:黑鸭子合唱组、八只眼合唱组;歌手有包娜娜、蔡琴、蔡幸娟、董沁、费玉清、凤飞飞、高胜美、韩宝仪、黄小君、李亚霖、李翔君、林竹君、刘是、刘锦儿、吕珊、陆苹、蔷薇、孙建平、王珺、奚秀兰、夏紫、谢采妘、徐小凤、薛家燕、杨曼莉、姚苏蓉、叶寇、叶丽仪、张燕、郑瑞霞、卓依婷、紫薇等;陈松伶、甄妮还分别推出粤语翻唱专辑;江蕙、李元以及夏伟,还用上海话演唱的非专辑翻唱版本等。(详梁瑜 2008 年,第 53 页)另据奚曙瑶先生提供资料:2014 年秋,在中央广播电台国际台《轻松调频》栏目之"爵士春秋"(张有待主持)中,曾播放过出生于巴西圣保罗的日本当红歌星、人称 Boss Nova——即 New Style,起源可追溯至 1958 年,是融巴西桑巴舞与美国酷派爵士的"新派爵士乐"——女王之小野丽莎(1962 年 7 月 29 日生人)演唱的《何日君再来》;据笔者查证,其导因:2014 年 1 月 1 日,小野在北京举行的新年演唱会中,演唱了此歌后,引起张有待的注意;其实早在 2009 年 12 月 30 日《重庆晚报·娱情43》中,就有小野可能在 31 日演唱《何日君再来》的预告,另据《南方都市报》2012 年 12 月 29 日报道:前晚(即 27 日——引者)小野在演唱《何日君再来》时,带动了全场的"跟唱",并有小野解劝般地叹道"来,喝完这杯再说吧""哎,再喝一杯,干了吧"的旁白,别有情趣,逗得观众哈哈笑等场景发生(《南方都市报》2012);2013 年 12 月 24 日"凤凰娱乐网"报道,小野将在新年第一天在北京工体开唱,其中包括《何日君再来》,这是她中国巡演的"开锣",据报道:之后她将在中国的重庆、广州、深圳、杭州等地巡演,"演唱会的中文歌部分自然不可或缺。《夜来香》《何日君再来》都是小野丽莎喜爱翻唱的邓丽君名曲"(凤凰娱乐网 2013);2015 年 2 月 14 日(情人节)及 9 月 27 日,小野分别造访上海、天津时,亦翻唱了《何日君再来》,可谓"外来的和尚好念经"。

4. 政治账。这第五笔账最重要,因在那段历史(1927 年 4 月 12 日—1948 年 9 月 30 日)中,如果不把彼时国民政府看成是一个合法的政府,过去的一切均将无从谈起。

(三) 结论

1. 诚如前述:刘雪庵最杰出的作品《何日君再来》,词曲均为刘雪庵所作,并在 2007 年 9 月 13 日,得到北京市公证处的"公证"①②,然而为什么至今还不对此歌"正名",并将其归属"了然"并"了断"呢?

2. 通过上述笔者的亲历,证明我们思想开放的力度,远未令人满意,虽主办方意识明晰、开放,无奈主管方十分保守并有时代局限,令本该回归之"君",回而未归,这是令人遗憾的。故又一次形成"何日君再来"之问——可谓"君归来兮"乎? 正所谓:君本已归来,但君又飘去;君归与不归,生死两茫然;时事多生变,贵于再求索;坚信雪庵君,定有归来日! 在此我步匈牙利著名诗人裴多菲韵:奖金诚可贵,品格价更高,若为雪庵故,二者皆不抛! 即:固然主办方斥巨资招标《何日君再来》新版词曲突增"变数",但关乎刘雪庵品格之事项,绝非昨云今雨能够蒙混过关,为此,既得到经济回报,又不失却文化风骨的最佳抉择,只能是《何日君再来》新版的征集而绝非可以"铜梁安居古城旅游形象歌曲"替代;这一无奈现实既是主办方、创意者所不满意的,也是喜好《何日君再来》的广大受众所不能接受的。

---

① 余峰等:《刘雪庵艺术生活编年》,北京:中国音乐学院"刘雪庵研究"课题组(内部铅印本),2008 年。
② 余峰等:《刘雪庵歌曲集》,北京:中国音乐学院"刘雪庵研究"课题组(内部铅印本),2008 年。

此变了味的"征集事件"成 2015 年 7 月重庆纪念刘雪庵诞辰一百一十周年之主办方的最大败笔。

3. 对国际事务,我们已有大国风范,而"兄弟相阋"已成过眼烟云,我们更应以"渡尽劫波兄弟在,相逢一笑泯恩仇"之豁达,看待二十世纪中叶的"过往云烟"事,尤其在 2013 年 6 月 13 日下午三点三十分,中共中央总书记习近平在北京人民大会堂会见中国台湾国民党荣誉主席吴伯雄,提出"大陆和台湾虽然尚未统一,但同属一个中国,是不可分割的整体。国共两党理应坚持一个中国立场,共同维护一个中国框架"理念,吴伯雄积极回应道:"两岸各自的法律、体制都实行一个中国原则,都用一个中国框架定位两岸关系,而不是'国与国'的关系"①,此时,国共双方最高领导人对争斗了近一个世纪历程的现实态度,来得多么的开明、多元、大度!这绝对是超越党派的"大进步",这对评判《何日君再来》有十分重要的参考意义!更何况在 1949 年之际,选择了留在大陆并一心向党的党外人士刘雪庵先生,我们更应以中共与各民主党派合作的"政协宗旨":"肝胆相照、荣辱与共"的精神待之;今年我们正携手两岸,共同纪念世界反法西斯战争胜利七十周年,并共同践行由蒋介石代表中国国民政府签订的《波茨坦公告》(1945 年 7 月 26 日)的成果,在敦促"日本政府必须将阻止日本人民民主趋势之复兴及增强之所有障碍予以消除,言论宗教及思想自由以及对于基本人权之重视必须成立"②之时,对《何日君再来》更应以"思想自由""基本人权(包括娱乐权甚至七情六欲)之重视"等多元角度,重新予以审视,由此观之,对《何日君再来》的评判,绝非仅音乐表象,其涉及的

---

① 吴亚明:《中共中央总书记习近平会见中国国民党荣誉主席吴伯雄》,《人民日报》,2013 年 6 月 14 日,第 1 版。

② 吉林省档案局等编:《波茨坦公告(全文)》,《兰台内外》1995 年第 3 期,第 7 页。

层面之多——人文、政治、历史、传播学①、地缘政治学②、接受美学③、结构主义④、解构主义、阐释学⑤、强制阐释论等，令人叹为观止。

---

① Communication，即运用心理学、新闻学、政治学、社会学、人类学等学科的理论、观点和研究方法，研究传播的本质和概念，以此观察《何日君再来》自产生后的复杂效益，其有政治、社会、新闻、受众之接受、运用心理等多方原因，故绝不能以单一效能定论。而传播学的主要研究对象是"研究人类的传播行为和文化世代流传的基本媒介"，及传播学与宣传学之间的血缘、同向关系。故此，有人有意为之地将《何日君再来》加入多种新解，而关键在于：研究者在区别其间的不同，与判断正误之间，前者来得更重要。

② Geopolitics，即地区政治格局的形成和发展，受地理条件的影响与制约。它根据各种地理要素和政治格局的地域形势，分析、预测地区范围的战略形势和有关国家的政治行为。实际，其为地理和政治的结合体；此论原创者、瑞典政治学家哲伦（1864—1922）的原旨是国家的行为应被看成为竞争力量，即强大（少数）吞并弱小（多数）国家，其初为陆权之争夺，以后发展为海权甚至制空权的争夺、战斗；在抗战时期，中国空域，基本为日寇控制，因此，中国战时陪都重庆，遭日机长达五年半的狂轰滥炸而束手无策，此时重庆的"精神堡垒"之意义，显得尤为重要，由此带来的对《何日君再来》之国共两党的共同讨伐，与当时地缘政治之时局，不无关系。

③ Receptional Aesthetic，其核心理念，是以受众角度认为：一个作品，即使付梓成书，但在读者阅读前，依然为半成品，其完整意蕴，要靠读者填充并因人而异。由此，反观《何日君再来》之多样"歧义"，实由创作者、歌者、评论者之立场、观点、方法、角度不同而生。

④ Structuralism，简言之，即探索某文化之意义，通过何种相互关系（即结构）被表达出来。在此理念搭建的"结构"，与原初——即本义，形成巨大差异。由此看《何日君再来》，一切解义、读释，均成为可能，仅"结构"抑或"建构"不同而已。由于持此论——建构论——者，最初由语言学入手，形成 etic——主位［即从 Phonetic 词尾而来，原义是语音学，其注重的是语音音调的走势，而不是具像化了的细节，是一种内行人的行话，对象于音乐的形态，正如骨干音的记法，在内行音乐看来其缺少的血肉，由操作者在演奏（唱）中自行按一定规则处置而无须写明，即主位、内行的记法］、emic——客位（从 Phonemic 词尾而来，意即是对语音学的研究与描述，它属于描述的描述层次，由此将语音现象上升为一个更高的层次，属客位研究（李岩：《论民族音乐学记谱中所涉及的理论与方法》，《音乐研究》1998 年第 1 期，第 68 页）。两种研究方法，从本质而言，均由结构不同造成对研究对象采取了不同角度、方法，故形成各异的结论、立场、甚至阐释。进而言之：基于日尔曼抑或拉丁语系之语言学，仅表义系统，当针对象形、指事、会意、形声、转注、假借六大功能俱全的汉字，其结构、语义乃至释意，适合中国语境否？

⑤ Hermeneutics，笔者在此引用的，是现代意义的"阐释学"，即海德格尔"解释学循环"论——解释者对被解释对象，有一"认识预期"，其仅为"待解释意义"的因子，理解活动要依赖于理解的"前结构"，即一组在理解之前业已存在的决定理解之"因素"。这一基本"循环"始终存在于"前结构"与解释者的"情境"之间。我们对《何日君再来》的词、曲作者的追问，是其"前结构"中之因子，而种种认识之预期及相应结论之缠绕、循环，甚至终而不止，说明永远存在着种种"认识预期"，此即《何日君再来》在阐释学立场上之永恒魅力。而"阐释学"的精髓在于不在具有什么，而在添加什么。对此，笔者有鲜明的反对意见，即反对离开"文本"抑或"本文"的"想说什么、就说什么"之类的阐释，我们还是要坚持老老实实回到"本文"。

4.《何日君再来》以"殷勤频致语,牢牢抚君怀"这等最稀松平常的话语及相应曲调抓住人心的重要原因,是以"离别后"对"君"——天下所有人的"重逢""相见"中,流露的"人文关怀"而打动了不分阶级、等级的所有人;在"人"这一社会关系总和中,最常见的情景,莫过于相邀、相见,及之后的别离并期待再次相见,这一链条一旦打破并天各一方,从最寻常"情境"中所激发出的能量,变得巨大无比并难以遏制,那在难得的相聚之时,以雅的方式——"愁堆解笑眉,泪洒相思带"得以解忧;以俗的方式——"喝完了这杯,请进点小菜"①亦能消愁,其何罪之有? 甚至在舞乐喧嚣、神态微熏、步履缭乱之中,以低吟浅唱、宣泄离愁别绪,有何不可? 窃以为:这反倒成就了一番巨大的"人文关怀"景观而令人流连忘返。刘学达称:"家父在 1957 年中国音协召开的座谈会上提出:能否对《何日君再来》《红豆词》重新评价?"②今天,我们对《何日君再来》公正、客观、多角度评判,并完成雪庵先生之"遗愿",正当其时。

5. 在 2015 年 7 月 31 日,国家版权局责令网络音乐服务商,"将一切未经授权的音乐作品下线"③旨在保护音乐人作品权宜"指令"下达之时,借此东风,我们要公开地向海外甚至全世界,追缴《何日君再来》诞生后所形成的经济损失,向所有享用过此歌的歌星、音乐人征税,并将《何日君再来》作为非物质文化遗产,向联合国教科文组织进行合理、合法的申报。我深信:《何日君再来》评判上的"死结",必将在我们这一代人手中"打开"!

---

① 据刘学达称:实际"喝完了这杯,请进点小菜,人生难得几回醉,不欢更何待(白:来来,来,再敬你一杯!)等后加的几段歌词是黄嘉谟的手笔"。(刘学达 2015)这成为日后批判刘雪庵的最重要证据。

② 刘学达:《〈何日君再来〉词曲版本研究》,北京:刘学达致李岩信,2015 年 8 月 20 日。

③ 新浪新闻中心:"话筒"明天起,未经授权的音乐都要下线[DB/OL]http://news.sina.com.cn/o/2015-07-31/2330321□4766.shtml,2015-7-31.

陆华柏艺术歌曲的意象与调式和声的观念

江 江

一 《故乡》与《勇士骨》

1937 年"七七"事变之前,桂林是一座风景秀丽、古老宁静的城市。全面抗战爆发之后,这里很快成为了一座抗战文化城。日本的飞机在这座山水甲天下的城市狂轰滥炸,这并没有吓倒充满抗日斗志的中国人民。民众的怒吼声与敌人的炮火声交织在一起,显示中国人民与日本侵略者血战到底的英雄气概。

在抗战时期,产生了许多思念故土和亲人的歌曲,这些作品与坚定豪迈的抗敌歌在艺术表现上有所不同,作者更多地侧重于心理的描写,通过委婉抒情旋律,把对敌人的恨、对亲人的爱表现得淋漓尽致。在桂林的陆华柏创作的艺术歌曲《故乡》《勇士骨》就是这类作品中不可多得的佳作。

　　1937 年夏天,陆华柏和当时四位同仁在南京组成室内乐演奏小组,名为"雅乐五人团",经徐悲鸿介绍,来到桂林,举办了几次演奏会,受到广泛好评。陆华柏受徐悲鸿之聘,任教于桂林美术学院音乐系。这年冬,他在国防艺术社和抗战歌咏团担任歌咏训练工作。就在这段时期,他写下了著名的独唱曲《故乡》(张帆词)。[①]

　　这首作品采用了艺术歌曲的写作技法,兼有咏叹调与宣叙调的两重特色,整个过程钢琴伴奏起到了很重要的作用。全曲分两段,第一段唱道:"故乡,我生长的地方,本来是一个天堂,那儿有清澈的河流,垂杨夹岸,那儿有茂密的松林……月夜我们曾泛舟湖上,在那庄严的古庙,几度凭吊过斜阳。"这段采用五声音调,旋律无一句重复,散文式地叙述了故乡天堂的美妙。(见谱例一)这段仅七个音级,变宫#c 在琶音的走句中。(见第 6 小节)清角 g 融入副七和弦中(见第 16 小节),虽是 D 大调,但无一处使用 D 大调的调性标识(见第 25 小节的结束句)。"斜阳"两字属和弦无七音,主和弦加六音。织体中流动的琶音、片断的模仿、支声的复调,又使乐曲显得明朗、开阔,极具中国风味,恰合歌词意境。

　　谱例一

---

① 李建平:《桂林抗战文艺概观》,桂林:漓江出版社,1991 年,第 163 页。

第二段,通过钢琴出现同音反复及下行的音型及模进,快速而有力,音乐情势急转直下,歌中唱出了侵略者的暴行:"现在一切都改变了,现在已经是野兽的屠场。"这一段有明显的西洋和声小调旋律,也有明确的 b 小调调性标识(D7－t)。(见谱例二,第29—30 小节)接着"故乡,故乡,我的母亲,我的家呢?"断续地轻吟之后,激情唱出的"哪一天再能回到你的怀里? 那一切是否能依然无恙?"将乐曲推向高潮,并以强音结束。

谱例二

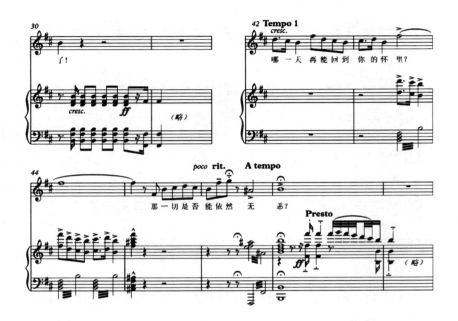

最后结束句，歌词虽是问句，但音乐顺着音势，用肯定的语气抒发了对故土家园的思念，唱出了对日本侵略者的仇恨，表达出打回老家、收复失地的强烈愿望。作品感人至深，让人回味无穷。半个世纪之后，陆华柏谈起自己这首作品时说："在桂林象鼻山麓谱写这首歌时，感情是真实的，是有感而作的，有的音符甚至是噙着眼泪写的。在构思过程中，歌声旋律与伴奏的和声形式，差不多同时涌上心头，一口气写出。"无疑，《故乡》的产生，将中国艺术歌曲创作水平推向了一个新的高点。1993 年，《故乡》被选为"二十世纪华人音乐经典"。

这首作品在海内外流传半个多世纪，远至法国的巴黎和美国的波士顿，经久不衰。它被列入高等师范院校声乐教材，是音乐会常演曲目。

几乎同一时期，陆华柏还创作了一些抗战内容的作品《保卫大西南》《勇士骨》《血肉长城东海上》等，还有大型声乐套曲《汨罗江边》。

其中,《勇士骨》是当时很有影响的独唱作品,由胡然、映芬作词。词作者胡然是当年男高音歌唱家,抗战爆发之后,从长沙逃亡到桂林,与陆华柏同在桂林广西艺术师资训练班任教,他请陆华柏为词作谱曲。1939 年,在为"伤兵之友社"募捐音乐会中,陆华柏演奏钢琴,胡然首唱此曲①,产生广泛的影响。

《勇士骨》的歌词:"这原野啊! 曾流遍了英雄的血,多少战士为祖国作了光荣的牺牲,和敌人一同倒卧在战场上。啊! 炮火已经熄了,现在是一片死的原野,只有西风在那里哭泣,在那里凭吊。红叶,轻轻地抚着白骨,战士,你还躺在这里做什么? '我吗?'他安静地回答: '我在等待最后胜利的消息。'"寥寥数句,祭典亡灵,感喟悲壮,感人至深。陆华柏天才般地将这样的词作化为一种经典的艺术歌曲,令人赞叹。

这是一首非常典型的宣叙调,断续的节奏,转换的节拍,多重的力度,同音反复,八度大跳及十二度的回落。全曲有很强的朗诵气质,时而高昂,激情喷发;时而低回,深郁悲伤,以大的情绪起伏和戏剧冲突,唱出了抗战英雄决死的精神和必胜的信念。

音乐前奏过后,就直奔主题唱出:"这原野曾流遍了英雄的血,多少战士为祖国作了光荣的牺牲,和敌人一同倒卧在战场上。"惨烈的出征即赴死的战场,触目惊心,三句音调抑—扬—抑的布局,起伏跌宕(见谱例三)。第一句"的血"重属结构,"血"字的伴奏中,属和弦 g-b-d 三个音是骨干,每一个音都有半音装饰,构成八度叠置向下的溅血的奇特音响。第二句"光荣的牺牲"的"牺"字是最强,也是最高音,和弦赋予从属七到属九的紧张度。第三句从扬起的高昂音调

---

① 　戴鹏海:《陆华柏音乐年谱》(未出版),南宁:广西艺术学院,1994 年,第 19 页。"1939 年 2 月 7—8 日,广西音乐会在桂林新华戏院举行第七次音乐会,《勇士骨》首演,由词作者胡然独唱,陆华柏担任钢琴伴奏。"

中大跨度地回落,伴奏也八度随之平行下行,刻画与敌人浴血厮杀、同归于尽的壮烈场面。"上"字伴奏随即出现的 D 上大小七和弦的震音,预示着悲壮故事的下一幕开始。

　　第二个场景,音乐接续震音和弦的解决,g 小调,前三小节间断的和弦表达死寂的原野,后面反向的琶音表达萧瑟的西风,"只有西风"伴奏出现 bd、e 音,构成 f 小调的 s－D7－t,"在那里哭泣"和"在那里凭吊"旋律模仿下行,强调 c 小调的调性。

　　之后,音乐进入第三幕场景,"红叶轻轻地抚着白骨"这一句承前启后,既延续着悲伤,又酝酿着新的情绪。右手的和弦与左音琶音的跳音叠置在一起,富有意象。"红叶"与"白骨"旋律相同,分别配以 bE 大调和 c 小调的属主结构,形成调性明暗对比,与红叶虚掩白骨一起,造成强烈的视觉冲击,我们的将士暴尸荒野,无人认领,无人收尸,灵魂不得安息啊!场面之惨烈,直击魂魄,催人泪下(见谱例五)。接下来,开始了歌曲非常诡异的一幕,歌者须转换着角色,开始叙述者与战士亡灵的对话。叙述者突然发现荒野中的亡灵不得安息,躁动不安,并询问:"战士,你还躺在那里做什么?"音势向上并力度加强,以近乎恐惧的声音喊出,包含着生者的怨恨、呐喊、悲伤等复杂的感情。和弦再次强调 bE 大调的同时,配合着 G 大三和弦构成的十连音的朝上的琶音,强化悲剧性,音乐又转入平静。亡灵突然开口说话了,音乐从高音区十二度跌落下来同音反复:"我吗?"歌者叙述道,"他安静地回答。"再转自亡灵的角色:"我在等待最后胜利的消息!"通过两次八度跳进,再以十二度上扬至音高区,拔地而起,直冲云霄,强结束在 G 大调上。歌曲最后以亡灵喊出必胜的信念作结,它启示着一个民族,牺牲,唯有牺牲,才能取得抗战的最终胜利;胜利,唯有胜利,才能告慰殉国者的不屈亡灵。

谱例三

谱例四

谱例五

回答："我在等待最后胜利的消息！"

　　这首凄美悲壮的歌曲，非屈原《国殇》不足以言其慷慨："诚既勇兮又以武，终刚强兮不可凌。身既死兮神以灵，魂魄毅兮为鬼雄。"这首歌曲产生于抗战最艰难的时期，真实再现了国军将士与日寇血战到底的英雄气概和壮烈场景。

　　1945 年 9 月 2 日，日本签下投降书，次日，举国共庆三天。十四年的抗战，最后的胜利来之不易，本可告慰牺牲的将士，然而，和平太短暂了，内战爆发了，中国再度陷入战争的泥潭。随后由于政治的原因，那些为国捐躯的国军将士被历史无情地淡忘了，遗忘了，抛弃了。幸运的是，今天，历史已逐渐清晰，真相仍将不断敞开。每当哼唱这首歌，多少被遗忘的抗战英烈，就仿佛浮现在眼前，都会受到一次历史的洗礼和心灵的震撼。抚今追昔，那些为民族独立与自由慷慨赴死、血洒疆场的中华勇士，英名永存，精神永驻。这首歌就是对他们的最好的精神追悼与礼赞。《勇士骨》的人文价值正在于，过去在民族危难之际它发出了战斗的最强音，今天也必将成为民族复兴的强大的精神动力。

　　据称，抗战初期居留在桂林或在桂林参加过音乐会的歌唱家，几乎女高音无不唱《故乡》，男高音无不唱《勇士骨》。今天的音乐会上，较之于《故乡》，《勇士骨》却少有人知，鲜有人唱，这是令人遗憾的。多年前，男中音歌唱家马金泉在独唱音乐会上演唱了《勇士骨》，当时给我的震撼,我终生难忘。

1937 年至 1943 年,陆华柏在桂林近六年时间内,承担钢琴演奏、指挥、创作、改编、配器、教学,组织大型歌咏活动,为桂林抗战文艺事业作出了突出贡献。[①] 陆华柏曾撰文称:"音乐帮助了抗战,同时抗战也帮助了音乐……抗战不但无情地把音乐家从琴室赶到了街头,而且街头的一般人士反因了抗战得到了更多的与音乐接触的机会。"[②]陆华柏就是一名没有拿枪的勇士,就像拿起枪的勇士一样,他在为伟大的卫国战争中忘我地奉献着自己。如今斯人已去,每念及他所受到的不公正对待,总让人唏嘘感慨。

二　民族风格的调式和声及其观念

(一) 随机模仿和声法

谈到民族风格的和声,陆华柏晚年撰文[③]写道:"我在学和声学的头一天起,心里想的就是为中国曲调配和声。"在这篇文章中,有他的处女作《感旧》,只有十二小节,1934 年发表在《音乐教育》上。陆先生没有具体说明这首作品的"民族风格",但他把这个作品看作是

---

①　桂林市政协文史资料委员会:《桂林文史资料第四十二辑·抗战时期文化名人在桂林》,桂林:漓江出版社,2000 年,第 570—578 页。

②　丁卫萍:《陆华柏在广西艺术学院——为陆华柏诞辰一百周年暨逝世二十周年而作》,《艺术探索》2014 年第 6 期。

③　陆华柏:《探寻民族风格和声之路——谈谈我的一点创作经验之二》,《黄钟》1990 年第 3 期,第 41 页。

自己"探索民族风格和声的起点"。那么,这首作品有什么"民族风格"特点呢? 我打出《感旧》乐谱,进行如下分析。

《感旧》全曲八个音高材料。旋律是 f 宫五正声,但和声却是功能和声。如钢琴伴奏出现了五正声之外的三个音高,分别在第 2、5、7 小节之中,用剪头表示的 bG、C、G。(见谱例六)这几个音高材料被纳入和声功能之中,构成 bD 大调的为下属、属及重属结构。特别是第 7—8 小节,重属关系非常明显,剪头所示三全音及解决,也可理解为到 bA 大调的离调。

谱例六

陆华柏说《感旧》织体明显受到陈田鹤《采桑曲》的影响,但和声写得生硬。[1] 实际上,陆华柏不仅是织体受到《采桑曲》的影响,和声的用法上也是一样的,只不过陈田鹤处理得更为圆熟。陈田鹤《采桑

---

[1]　陆华柏:《探寻民族风格和声之路——谈谈我的一点创作经验之二》,《黄钟》1990 年第 3 期,第 41 页。

曲》①全曲七个音高材料,旋律 D 宫五正声,配以 D 大调功能和声,变格终止。#C 和 G 都是作为和弦音出现,并具有功能性。像第七小节的右手的三全音,第 10 及 12 小节的 G 融入了 D 大调的四级和二级和弦之中。(见谱例七)

谱例七

实际上,除了陈田鹤《采桑曲》,这种五正声配功能和声的做法,在陆华柏之前,如赵元任《劳动歌》、黄自《花非花》等都有过运用。这种五正声与功能和声嫁接的方式,不只是陆华柏民族风格的和声的起步,也是中国近现代调式和声的起步。

陆华柏晚年创作的艺术歌曲《送孟浩然之广陵》,明显不同于起步时期。虽然旋律也是五正声,但钢琴伴奏无论织体和和声都有了全新的表现。笔者从音高材料拓展的方式来看此曲,在横的方面,采用五声的模仿手法;在纵的方面,功能和弦的色彩点缀。为便于说明,现绘出乐谱。(见谱例八)略去的前四小节的单旋律过门,这个过门与乐谱第 5—8 小节的旋律同,并略去的第 13—14 小节钢琴独奏,其音高材料与第 5—6 小节相同。

---

① 陈田鹤:《陈田鹤歌曲选集》,北京:人民音乐出版社,1991 年,第 1—2 页。

谱例八

　　第 5 小节旋律与伴奏是 C 宫五正声。第 6 小节增加一个#f 音，构成大小七和弦结构，但三全音并无调性倾向。第 7 小节第 4、5 拍右手增加一个 b 音，是第 5 小节相应位置音型的五度模仿，亦即上方五度旋宫至 G 宫。第 8 小节，增加两个音高材料，bE、bB，相当于 d 小调的拿波里和弦，并无相关和弦逻辑。第 9 小节，增加的 F 音，后两句歌词的旋律来源于前面两句的旋律，是前两句旋律基于 B 音的倒影，而增加的 F 音，使前面的 C 宫五正声旋宫至 F 宫五正声。第 16 小节增加了#C 音，构成"德国增六和弦"结构，由于其后的 D 不构成三和弦，G 音并无解决至 F 或者#F。这个和弦和前面的大小七和弦、拿波里和弦一样，只是一种和弦的色彩点缀。用陆华柏自己的话说是，属七和弦"音响丰美而有新意"；拿波里和弦"借用了它的悦耳音响，并融入了歌声旋律'烟花三月下扬州'的诗意之中"；增六和弦"把它藏在内声部以丰富音乐的诗意形象"。①

　　显然，《送孟浩然之广陵》不再是五正声与功能和声的嫁接，而是五声音调在织体中模仿，功能和弦作色彩点缀，音高材料在横向的模仿和纵向的点缀中得以拓展，并服务于内容的表达。这是一种全新音高材料的组织方式。陆华柏称之为"随机模仿和声法"。他的表述是："三个、四个或更多不同的音同时发响构成和弦，这种纵向结合，无论采用什么样的音程结构，都难以产生确定的民族风格效果。然而，如果从横向结合考虑，民歌旋律的任何音调片断，不管是它的一个乐段、一个乐句、一个乐节，甚至小到一个动机或仅零碎的音，都会是带有民族风格特征的因素。以这些原材料和它的衍生材料（自然

① 陆华柏：《新中有旧，旧中有新——谈谈我的一点创作经验》，《黄钟》1989 年第 4 期，第 22—23 页。

模仿、不同度数的移位模仿、自由模方、性质相似或相近的对位声部）
交织应和,形成多声部音乐,就可以充分保持整个乐曲确定的、统一
的民族风格。我称这种作曲法为'随机模仿和声法'。"①无疑《送孟
浩然之广陵》,可以看作是"随机模仿和声法"的一个例证。

陆华柏曾谈到自己《故乡》的"民族风格",也提到了这种"随机
模仿和声法"。他说:"《故乡》在艺术上的特点,我自己认为一是抒
情性旋律与朗诵风旋律的结合,一是运用了多层次的音乐表现手法,
包括纵向的和横向的。在中国气派的和声探索中,我是着意侧重于
自由运用复调写法,特别是模仿对位,以保持作品具有民族风格的多
声结构。"他的"自由运用复调写法"与"随机模仿和声法"表述不同,
但实际上是民族风格的多声结构的纵横两个维度,犹如一个硬币的
两个侧面。"随机模仿和声法"是就其纵向结构及序进而言,强调的
是"纵"是"横"的结果,而"自由运用复调写法"是就其横向调式化处
理而言,强调的是"横"是"纵'的衣据。

（二）西方和声标识的改造形式

对于这种"随机模仿和声法",陆华柏有自己一套较为繁琐的和
弦标识方式。为了便于转述陆华柏的和弦标识,特择其文中《绣荷
包》第五段的乐谱及陆华柏的和弦标识,重新绘谱,并加以述评。（见
谱例九）

谱中"三度模仿"下面是下属到主,下属和弦 S 划二杆表示第二

---

① 陆华柏:《探寻民族风格和声之路——谈谈我的一点创作经验之二》,《黄钟》
1990 年第 3 期,第 41—42 页。

转位,主和弦 T 右侧上方有数字 6 音,表明加 6 音的主和弦。下标有
"徵",即徵调式,并指明为 bA 为宫,即 bA 宫系统中的徵调式,bE 大
三和弦是临时主和弦。谱中"五度模仿"下面是属七到主,D7 的 7 音
将括号悬置右侧,表示是加七音三和弦,不同于属七结构。第 29 小
节的 T 左下侧数字 0 表示省略了 3 音主和弦,这个和弦在第二拍上
增加了 7 音和 9 音,并用括号列出 7 和 9,悬置在 T 的右上侧,根音为
C,因下标有"徵",显然徵为 C,那么,宫音则为 F。接下来的第 30 小
节是 s-t,t,t 是 d 小三和弦,下标有"羽",说明是羽调式,显得宫音
还在 F 上。F 同宫系统中调式交替了,从徵调式到了羽调式。第 31
小节的 S,右上括号有数字 6,下划有一杆,表明这个 S,根音为 F、加
了 6 音(D)、第一转位,且对于后面的 T 主和弦而言,它是下属功能。
注意,第 30 小节的 t 与第 31 小节的 S 有个等号" = ",陆华柏原文没
有说明这个等号,我认为这个等号表示,前面的 t 羽调式主和弦,就
最后结束的 C 徵调式主和弦而言,也相当于下属功能,与后面的 S 功
能相同,只不过它是二级下属,而后面的 S 是四级下属而已。

谱例九

　　这八小节的片段,足见陆华柏和声标识,用心之细微,标记之繁复。三小节按 bA 宫进行和弦标记的,后五小节按照 F 宫系统标记。表面上看到是 S－T 或 D－T 西方和声的功能表述,而实际上所作的说明,又完全消解其原来的功能含义。比如第 28—29 小节,一方面采用的是属—主结构来表示,一方面又指明了横的旋律来自五度模仿,属七和弦只是加七音的三和弦,主和弦是省了 3 音主和弦。可见,这个属—主结构内涵被完全掏空了,徒有其表。可以想见,陆华柏对自己作品的民族风格的表述,陷入了一种尴尬境地,一方面,他在创作中力求突破西方和声的主音体制,另一方面,他的理论表述又不得不依赖西方和声标记。正如他这首简洁的《绣包荷》伴奏,思维清晰,手法灵动,却选择了副属结构的标识方式,并加上数字化的信息说明。这种标记方式,既有西方大小调和声的功能标识的改造形式,又有中国的宫商角徵羽的调式说明,这样一套繁杂的和声标识法,显然是不能很好说明和胜任自己的"随机模仿和声法"的。

　　近百年来,为了说明中国调式和声与西方功能和声的差异,谋求中国调式和声的特有标识,一直是中国学者的一项学术追求。大家各显神通,各有其法,不同时期也不尽相同,但是,采用传统和声 S、D、T 标识的改造形式来说明中国调式和声却又是一致的。陆华柏也不例外,标识更为繁琐。

实际上,完全可以撇开繁复的功能性标识,直接说明音高材料拓展方式,既得要领,也更便利。像陆华柏编配《绣荷包》这一段的和声,音高材料是通过旋宫得以拓展的,第 26 小节的宫位由前面右手 bB 宫五正音旋宫至左手 bA 宫,拓展新的音高材料 bE 和 bA。右手又回到 bB 旋宫,再旋至第 28 小节的 F 宫,增加 A 音,还原的 B 音。B 音看似属七和弦的三音,但与属七和弦貌合神离,它是原民歌旋律本身就有的,《绣荷包》前面四段第一句旋律都是 C－B－C,第五段才是 bB。这段音乐一共八个音高材料,由于采用旋宫的手法,出现了 bB、bA、F 三个宫位。通过图示更为明晰。(见谱例十)

谱例十

这一段伴奏,纵向和声的结合是横向的拓展或点缀的直接后果,没有传统和声的功能意义。采用这种调式和声图示法,音高材料及其意义一目了然。较之在传统和声的框架之下说明调式和声特色,关注音乐材料更合乎作曲家随机模仿的调式要领,也更为简洁。

通过介绍陆华柏经典艺术歌曲的创作,分析陆华柏调式和声的观念,笔者最后以四点作结:其一,《故乡》和《勇士骨》在和声上的成功,均得益于中西结合。《故乡》前后两段和声不同,前为调式和声,后为调性和声,中西并置,相得益彰,服务于内容的表达,经久不衰,常唱常新。《勇士骨》完全采用西方调性和声,契合着中国歌词的节奏韵律,讴歌了时代精神,成就了另一种形式上的中西结合的典范。感人至深,具有动人魂魄的力量。其二,陆华柏生前最后留下的两篇文章,都是围绕中国调式和声的思考,他提出的"随机模仿和声法"力求摆脱大小调和声的功能束缚,走出一条符合中国五声调式特点及审美的和声手法,其思考及其建树,为百年来中国调式和声理论的发展留下重要的一笔。其三,陆华柏所作的艺术歌曲《送孟浩然之广陵》及《绣荷包》的钢琴伴奏是他理论的重要音乐论据,值得进一步研究。作品体现了中国调式和声全新的音高材料的组织方式,并融入中国百年来和声"去主音化"的民族风格的创作道路之中。其四,陆华柏的中国调式和声的标记,是西方和声标记的改造形式,至今学界仍然停留在这个阶段,呈现的是众说纷纭、莫衷一是的"繁荣"状态,这是理论滞后于创作的表现。抛弃主音体制,确立宫音本位,建立中国调式和声的理论根基,尚待后继者努力。

技术世界民间曲艺的可能

岳永逸

一 技术世界与技术的艺术

在十九世纪前半叶诞生的民俗学（Folklore），关注的是民众日常生活及其演进的文化。其生发是下述因素合力的结果：在哲学领域，有机论对机械论的取代；进化论的出现；生产生活方式由农耕文明向工业机械文明的整体转型；与现代民族国家生成同步的浪漫主义、民族主义，等等。① 在工业机械文明盛行开来的过程中，"人定胜天"的观念加速了去神化和去圣化的世俗化历程，科学、机械、技术成为新的膜拜对象。面对膜拜对象的悄然更替，智者总是能迅速地捕

① Robert A. Georges, Michael O. Jones, *Folkloristics: An Introduction*, Bloomington: Indiana University Press, 1995, pp. 31-57.

捉到人类思维方式、日常生活可能有的变迁。

当照相术、默片对大多数人而言还是天外来客时,与拍手称快和跺脚诅咒截然相反的两种取态不同,本雅明清楚地辨析出了可机械复制的艺术与此前"在问世地点的独一无二性"的艺术之本质不同。对他而言,"即时即地"的原真性(Echtheit)是机械与技术无法复制的。因为存在于巫术、宗教、世俗对美的崇拜等仪礼的原创艺术具有膜拜价值,其原真性(也即光晕,Aura)涵括了自其问世起"可继承的所有东西,包括它实际存在时间的长短以及它曾经存在过的历史证据"。机械复制艺术摆脱了原创艺术对仪礼的依附,建立在政治之上,目的在于展示,而非膜拜。[①]

简言之,原创艺术是凝神专注式的,散发着挥之不去的光晕,具有膜拜价值,是美的艺术,机械复制艺术则是消遣式的,仅具展示价值的后审美艺术。与此同时,本雅明也充分看到了机械复制艺术的巨大能量及正功能。他指出,机械复制艺术将原作从传统领域中解脱了出来,能使不同的受众在其各自的环境中欣赏,从而赋予原作以现实活力。正如照相摄影和电影扮演的角色那样,对原真性艺术"荡涤"与"赋予"的双重进程不但改变了艺术和大众的关系,还导致了作为人性的现代危机和革新对立面的传统,并与群众运动密切关联。[②]

在《讲故事的人》中,本雅明也关注到了在此转型过程中口头传

[①]　瓦尔特·本雅明:《机械复制时代的艺术作品》,王才勇译,北京:中国城市出版社,2002 年,第 7—22 页,第 86 页,第 91—94 页。

[②]　同上,第 114—116 页。

统与书面写作之间复杂的动态关系。① 因为物质世界图景和精神世界图景在一夜之间发生了"我们从来以为不可能的变化",前工业社会人最放心的财产,交流经验的能力——经验(Erfahrung),在机械复制时代的工业社会贬值,衰减为经历(Erleben)。这一衰减导致讲故事的"好人"、讲述方式、听者等讲故事参与诸方都不可避免地发生转型。目的在于交流智慧,讲者与听者相互"编织在实际生活中的忠告"的前工业社会的讲故事与工业技术格格不入,仅仅是形同陌路的"手艺"——手工技艺。同样,本雅明看到了这一必然发生的质变对与在新兴印刷技术支持下的小说、新闻等文体兴起的影响,和迥然有别的故事听者与小说读者。而一个对故事、史诗、童话烂熟于胸的小说家——孤独者,自然更有可能成为娓娓道来的讲故事式的"好"小说家。

电子化时代是更为明显的长辈反向晚辈学习的"后喻文化"②时代。迥异于中国古典文明的"成年人文化","弑父"至少说"去父"的"青少年文化"③是当代中国文化,尤其是大众文化、流行文化的基本特征。今天大行其道的"技术的艺术"明显有别于"观念的艺术"。观念的艺术是与心灵相关的文艺,技术仅仅是呈现与强化艺术效果的手段。严格而言,技术的艺术并非文艺,仅仅是传媒。它是因为文化工业的兴起,现代传媒技术对重观念的传统文艺改造和重构的结果。不仅如此,突出技术制作精良,形式大于内容的技术的艺术还力

---

① 瓦尔特·本雅明:《讲故事的人——尼古拉·列斯科夫作品随想录》,陈永国、马海良编:《本雅明文选》,北京:中国社会科学出版社,1999 年,第 291—315 页。

② 玛格丽特·米德:《文化与承诺:一项有关代沟问题的研究》,周晓虹等译,石家庄:河北人民出版社,1987 年,第 76—10] 页。

③ 甘阳:《通三统》,北京:三联书店,2007 年,第 65—77 页。

图控制大众。①

　　技术对日常生活的全面渗透并推进的生产生活方式势不可挡的转型,同样引发了民俗学家的密切关注。村落不仅仅是民俗传承整体性的社会单元空间,还是一个开放的、动态的、具有包容性和自我再生能力的空间。现代博物馆技术、口述史技艺都被乡民信手拈来,为我所用。借助现代技术,村庄的发展和传统文化的再生产被有着文化自觉的村民付诸实践。② 当然,对技术的倚重也导致了民俗的"变脸",由共享的、交流的变成交际的。③

　　赫尔曼·鲍辛格曾精辟地指出:一旦祛除"魔力",具有了不言而喻的"自然性",新的技术就成为回归的诱因,从空间、时间和社会不同层面全面拓展"民间社会"的视阈与生态,进而呈现出统一在当地的"本土异域风情"、动态平衡的"历史因素的去历史化"和模仿、戏仿、反讽、曲解的"统一文化"。因此,鲍辛格更简明地将日常的民间世界定义为"作为'自然'生活世界的技术世界"。④ 今天,急于也急速都市化、城镇化的中国正是以技术世界为底色,以推土机、搅拌机、起重机、抽水马桶、沐浴喷头、复印机、扫描仪、摄像机、电视机、平板电脑和智能手机等为表征。

　　在这个作为"自然"的生活世界的技术世界,在试图留住"乡愁"进而也到处是"城愁"的都市化中国⑤,似乎在衰减的,原本有着光晕

---

　　① 蒋原伦:《观念的艺术与技术的艺术》,北京:新星出版社,2014 年,第 72—76 页。

　　② 刘铁梁:《村庄记忆——民俗学参与文化发展的一种学术路径》,《温州大学学报》(社会科学版)2013 年第 5 期。

　　③ 岳永逸:《共享·心性·交际花——民俗的变脸》,《民族艺术》2014 年第 6 期。

　　④ 鲍辛格:《技术世界中的民间文化》,户晓辉译,桂林:广西师范大学出版社,2014 年,第 25—79 页。

　　⑤ 刘奇:《"乡愁"其实也是"城愁"》,《中州建设》2014 年第 5 期;岳永逸:《城镇化的乡愁》,《民间文化论坛》2015 年第 2 期。

和观念,与节庆式生活关联紧密的会讲故事的"土"曲艺该何去何从?有着哪些可能? 是否必然会递减为复制的艺术、技术的艺术、卑从的艺术,终止沦为金玉其外、败絮其中的"空壳艺术"?①

二 汉字节庆与数字节日

在技术世界化的都市中国,中国人的时空观发生了巨大转型。老死不相往来的世外桃源、足不出户的"家天下"空间观全面遭遇了实实在在的"坐地日行八万里"的全球观。四季更替、生死轮回、"三十年后又是一条好汉"的循环往复的时间观被单线进化发展的钟表时间观强力嵌入,基督纪年和天干地支纪年司行,阴历与阳历并重。在这样的整体背景下,中国人的节日也就出现了多个不同且相互影响的序列。

第一个序列是以汉字命名的基于农耕文明、历史传统、乡土生活、文化社会生态的周期性庆典,可以简称为"汉字节庆"。它包括四个亚序列:一是至今还深远影响农耕生产的春分、秋分、夏至、冬至等二十四节气;二是火把节、泼水节、那达慕等民族节日;三是清明、端午、七夕、中秋、春节、元宵等传统佳节;四是地方色彩浓厚,当地老百姓常常认为"比过年都热闹"的庙会庆典,声名大些的如北京妙峰山庙会、上海龙华庙会、河南太昊陵庙会,声名小些的如河北苍岩山庙会、山西洪洞羊獬历山的接姑姑迎娘娘庙会,等等。

第二个序列是以数字命名或者说数字(年月)在前的与现代民族

---

① 岳永逸:《忧郁的民俗学》,杭州:浙江大学出版社,2014年,第147—181页。

国家建构并强化公民身份的节日,可以简称为"数字节日",如一月一日元旦节、"三八"妇女节、"五一"劳动节、"五四"青年节、"六一"儿童节、"七一"建党节、"八一"建军节、"十一"国庆节等。对越晚近出生的人,数字节日有着更强的影响力,以至于年轻人群起新造节日。有着四个数字"1"的 11 月 11 日被形象比附成"光棍节"。在快速地席卷全国大学校园后,昂首阔步地跃过校园围墙的光棍节给(网络)商家带来了无尽的商机。

另外,不容忽视的还有圣诞节、复活节、愚人节、万圣节等这些源自基督世界的宗教节日对好奇心强的年轻人的魅力。当然,对于绝大多数并不信教的年轻人而言,对于逐利的商家而言,这些洋节已经蜕掉了其宗教色彩,更多是年轻人交往、交际以及表明自己从众而时尚的平台。

数字节日常常伴随有法定假期和不同层级的政府组织、张罗的重大庆典、游行、晚会、汇演。正是通过在这些特殊日子对不同群体价值与意义的强调,作为一个年度周期的新生节点,经过大半个世纪的传衍教化,数字节日已经熔铸到今天所有健在年龄群体的国民意识及其时空感之中。与之不同,在当下的官方语言中,在学者的经验研究领域内,汉字节庆与依依惜别又难以割舍的传统中国相连。它们是过去的、垂危的、乡土的,却有着丰富的文化内涵,潜存着或浓或淡的乡愁、暖意,有着"众里寻他千百度"而蓦然回首的美感和频频回首的伤感,温馨而哀怜。

在二十一世纪初叶,因为顺应了民心、国情,这一以"官媒精英"①

---

　　① 岳永逸:《都市中国的乡土音声:民俗、曲艺与心性》,北京:中国人民大学出版社,2015 年,第 70—71 页,第 243—255 页。

为主体的回望心态,使得绝大多数的汉字节庆成为需要关注、保护并号召广大国民主动传承的不同级别的非物质文化遗产。不但文化部下属的职能部门在紧锣密鼓地为汉字节庆编纂大型丛书"中国节日志",与春节一样,端午、清明、中秋也成为国家法定的节假日。树碑立传和以法律形式对汉字节庆的保护,使其恢复了些感人的光晕,也有了与数字节日并驾齐驱的感官感觉。而且,以科学技术,尤其是电子技术、数码技术为支撑,以大数据、流媒体、自媒体等为表征的视频化时代的全面来临,使得汉字节庆和数字节日在表达形式上有了共通性,同质性日渐增强。这又更加鲜明地体现在改革开放以来持续发酵,主要通过荧屏观看的形形色色、大大小小的春节联欢晚会,各类电视台按部就班播放的种种节庆汇演之中,体现在旅游旺季在传统圣山和红色圣地由大导演操刀的地方大投入、大制作的大型实景演出之中,体现在官媒精英基于自我中心主义、虚无主义与保守主义的文化"反哺"之中。① 对于这些有不同程度约束力的新旧传统而言,其"空间的和社会的本质"与"时间—历史的本质"都是根本性的。②

三　舞台化的双刃剑

作为乡土中国口传文化的一个枝蔓,曲艺是方言的艺术、地方的

---

① 岳永逸:《都市中国的乡土音声:民俗、曲艺与心性》,第243—255页。
② 鲍辛格:《技术世界中的民间文化》,第142页。

艺术和声音的艺术，更是有着自律的戴着镣铐跳舞的"自由的艺术"。① 它有着一整套自觉遵循的、"即时即地"的演观规则，始终游刃自如地在雅俗之间游弋。但是，曲艺又不仅仅是艺术，它同时也将宗教、历史、政治、经济、文化，尤其是将地方风情、人情冷暖以及艺人生计融为一体，有着家国情怀、伦理教化，有着浓浓的乡音、乡情和乡韵，艺术感召力、感染力极强。对于特定地域而言，老少耳熟能详的曲艺没有任何接受的障碍。在农耕文明为主导的岁月，游动在城乡的曲艺如同一条条虚线实线，有着巨大的串联功用，是历时性文化社会生态的共时性总体呈现。② 在相当意义上，除至关重要的书同文的汉字之外，与其他口传文艺一道，曲艺教化、愉悦着千百年来绝大多数目不识丁的芸芸众生，连接、凝聚着人心、人情与人性，将呈方言板块状的一个个地方整合，凝固成了一个多元一体的伟大中国。

对于在乡土中国举足轻重的曲艺，尽管早期基本止步于资料的收集整理，但中国现代学科意义上的民间文学、民俗学对曲艺的研究由来已久。北大《歌谣周刊》收集的不少歌谣都与曲艺有关。二十世纪二十年代晚期，有人关注到了民歌中的三句半③，也有人编写过湖南省众多唱本的提要④。抗战爆发前夕，延续北大歌谣研究的传统，复刊后的《歌谣》刊载有北平街头巷尾的喜歌，也有了对数来

---

① 尤瑟夫·皮珀：《闲暇：文化的基础》，刘森尧译，台北：立绪出版社，2003 年，第 55—56 页，第 77—79 页，第 110—114 页。

② 岳永逸：《都市中国的乡土音声：民俗、曲艺与心性》，第 3—90 页。

③ 放人：《民间的三句半歌》，《民间文艺》第 7 期（1927 年 12 月）。

④ 姚逸之：《湖南唱本提要》，广州：国立中山大学语言历史研究所，1929 年。

宝溜口辙的专门研究。① 1944 年，主要利用已经出版的《定县秧歌选》②，辅仁大学的赵卫邦在进行乡村戏的研究时，指明定县秧歌戏之类的乡村戏与俗曲之间的紧密关系：乡村戏或是由某一种俗曲演化而来，或是在秧歌的基础上，由多种俗曲共同演化而来③。

抗战期间，沦陷区学者对曲艺等民间文艺的关注也暗合了同期国统区和边区对民间文艺的倚重之风。在国统区和边区，人们已经突破了北大《歌谣周刊》初创时试图进行"专门的研究"和发现民族"新的诗"的初衷④，充分发挥曲艺等民间文艺"接地气"、"有人气"、为老百姓喜闻乐见的形式特征和寓教于乐的社会功效，服务于关涉民族生死存亡的抗战动员与宣传。在抗战动员、宣传中，多种曲艺与新兴的漫画、话剧等一道成了暖人心、鼓士气的战争利器，形成了独具一格并值得深度阐释的抗战时期的"大众文艺"。⑤ 这一波澜壮阔的大众文艺运动，实则奠定了具有民族风和中国味的当代中国通俗文化、大众文化以及影视文化的基石。在相当意义上，近些年来颇受欢迎的央视"星光大道"就深得抗战大众文艺，尤其是边区文艺的真传。

抗战初期，老舍就积极地献身曲艺伟业之中。他既有对"大鼓书词时时近乎诗，而牌子曲简直是诗了"的礼赞，也有因创作不出为大

---

① 徐芳：《北平的喜歌》，《歌谣周刊》二卷十七期（1936 年 9 月）；《"数来宝"里的"溜口辙"》，《歌谣周刊》三卷一期（1937 年 4 月）。

② 李景汉、张世文编：《定县秧歌选》，中华平民教育促进会，1933 年。

③ Chao Wei-pang，"Yang-Ko（秧歌）. The Rural Theatre in Ting-Hsien，Hopei"，*Folklore Studies*，Vol. 3，No. 1（1944），pp. 17-38.

④ 周作人：《发刊词》，《歌谣周刊》第 1 号（1922 年 12 月）。

⑤ Chang-tai Hung（洪长泰），*War and Popular Culture. Resistance in Modern China，1937－1945*，Berkeley CA：University of California Press，1994；《新文化史与中国政治》，台北：一方出版社，2003 年，第 1—259 页。

众喜欢并战斗力强的通俗曲艺而"有时真想自杀"的切肤之痛。[①] 不仅对老舍个人如此，曲艺也是中华全国文艺界抗敌协会一项重要的事业。虽然有着艰难的蜕变历程[②]，但是以劳苦大众为根本的中国共产党始终都重视曲艺等民间文艺对穷苦百姓的教育、宣传、动员、组织等社会功效，并在抗战期间因势利导地将文艺的重心从都市转向乡村。文章不但要"入伍"，还要"下乡"。"到街头去"也很快演化成"到内地去""到农村去"。赵树理、韩起祥等在二十世纪四十年代的陕甘宁边区冉冉升起，秧歌风风火火地从乡下进城并获得好评及至影响戴爱莲这样舞者的艺术人生，抗战胜利后《民间艺术与艺人》的快速出版等[③]，都是党一贯奉行的服务于政治（革命）和劳苦大众（人民）的文艺政策的必然硕果。这延续到二十世纪五六十年代的表现就是：在对"旧"艺人教育、改造和感化[④]的基础之上，成立了各种类型曲艺社/团、剧团、文艺宣传队，包括毛泽东思想盲人宣传队，以及后来一统天下的样板戏的"发明"。

　　自然而然，在 1949 年以来交错并存的不同节日序列中，在审时度势地进行适当的他律与自律后，包括盲艺人在内，曲艺依旧扮演了传言、教化的重要角色，成为建设新中国重要的一员。[⑤] 当然，这也被

---

　　① 老舍：《谈通俗文艺》，《自由中国》第二号（1938 年 5 月）；《制作通俗文艺的苦痛》，《抗战文艺》二卷六期（1938 年 10 月）。

　　② 关于其中的曲折变化，可参阅 David Holm, *Art and Ideology in Revolutionary China*, Oxford：Clarendon Press，1991，pp. 15-112。

　　③ 周扬、萧三、艾青编：《民间艺术与艺人》，新华书店，1946 年。

　　④ 张炼红：《从"戏子"到"文艺工作者"：艺人改造的国家体制化》，《中国学术》2002 年第 4 辑；岳永逸：《空间、自我与社会：天桥街头艺人的生成与系谱》，北京：中央编译出版社，2007 年，第 227—269 页。

　　⑤ 对此，在黄新力对陕北黄土地仍在艰难行走的盲说书人的图像叙事中，有着清晰的呈现。参阅黄新力：《陕北盲说书人》，上海：上海锦绣文章出版社，2009 年。

部分西方学者打入了"政治文化"、技艺—非文艺—黑白分明的分类学范畴与冷宫。① 作为文艺战线的"轻骑兵",短、快、简、乐的曲艺因时应景地频频在大小舞台亮相,举足轻重、举重若轻,春风化雨般地培养、形塑了举国上下集体欢腾的节庆期待。在视频化时代,如何使曲艺继续拥有这种"期待"而红火也就成为一个需要深思的问题。

但是,被定格为"文艺轻骑兵"的曲艺,其舞台化历程是把双刃剑。一方面,它借政治春风的助力,使不少偏居一隅的曲种走出了犄角旮旯,走出了地方,有了更多在异地大小舞台上排演的机会。这锤炼了演技,培养了演员,打造了一系列的优秀节目,有了或大或小的声名。另一方面,试图走出地方、走向全国的舞台化追求,也使得原本属于地方的曲种出现了主动抛离方言、方音、乡情和乡韵的倾向与苗头。这种"普通话"(也可称之为"普通化")、"雅化"以及"正确化"的内发性潜在诉求,和主动对依赖声、光、色、电等外在装饰而强化视觉效果的"舞台化"皈依,反向促生了原本根植于田间地头、街头巷尾且灵活多变的曲艺有了舞台化艺术形式大于内容、技巧大于内涵和因命题作文而生的主题先行的形式主义通病。② 不少地方曲剧团的成立,就是典型地要曲艺向戏剧转型的尝试之一。

不同于戏剧,与乡土中国日常生活水乳交融的曲艺对演出场地——舞台——原本并无过高的要求。有着游牧遗风的"天为幕、地

① Chang-tai Hung(洪长泰), *Mao's New World: Political Culture in the Early People's Republic*, Ithaca, N. Y.: Cornell University Press, 2011;《新文化史与中国政治》,第 261—329 页。

② 二十世纪中期对相声、戏曲的改造,都鲜明地体现了曲艺舞台化的双刃剑功效。参阅祝鹏程:《相声的改进:以建国"十七年"(1949—1966)为考察对象》,博士学位论文,北京师范大学,2013 年,第 104—232 页;张炼红:《历炼精魂:新中国戏曲改造考论》,上海:上海人民出版社,2013 年。

为台"的撂地,是曲艺表演的常态。这些简陋的演练空间,孕育并成就了曲艺成为一种穿越时空和心灵的"声音的艺术"。正是通过围聚的聆听,相声、评书、莲花落、苏州评弹、温州鼓词、四川竹琴、山东快书等,成了养育人的一方水土。不需要过多的道具、装饰,仅仅依靠演者对日常言语和声音伸缩自如的把控、呈现,一个如痴如醉、物我两忘的聆听和默观世界迅疾在观—演者之间生成。与传统中国的戏剧一道,主要以声音为再现手段的曲艺形塑了绝大多数中国人的听觉、世界观、道德观与价值观,在事实层面扮演了千百年来中国民众的"史诗"。

　　然而,舞台化的曲艺不仅只有普通化、戏剧化的欲求。随着改革开放后流行音乐的盛行和卡拉 OK 的风靡,舞台化的曲艺也身不由己被裹挟前行,唱的重要性胜过了说,高分贝的伴奏带取替现场的伴奏,人的真声不再重要。进而,原本说唱并重还承载审美、历史、道德和人情冷暖的曲艺又出现了流行歌曲化、卡拉 OK 化的势头。台上红火、台下冷清,浮躁而喧嚣,空洞却热闹。这里面一直潜存着要作为方言艺术的曲艺"普通话"的悖谬,和要曲艺这种地方艺术走出地方,从而让更多人听懂的浪漫发展观支配下的焦灼。

四　视频化时代的挑战

　　随着电子技术的日新月异,二十一世纪以来的中国快速进入了视频化时代。其实,以无孔不入的 WiFi 和 4G 网络为支撑,无限度时空挪移的视频化时代是一个"后舞台"时代,是将舞台从身边隔离进而虚拟化的时代,可观但不可触。通过荧屏在眼前随时呈现的逼真时空、华丽舞台要消减的正是现实世界中的真实时空,尤其是剥离舞台的真实。对于绝大多数观者而言,身临其境的感觉代替了身临其境。无论是大投入的大制作,还是小投入的小制作,远胜于舞台化时代对形式的倚重,视频化时代不但让机械复制艺术、技术的艺术所向披靡,还不遗余力地肢解舞台艺术本身,悄无声息地削减着人们感官敏锐的本能与直觉。

在大而无当却繁华耀眼的"虚假"影视一统天下的视频化时代,避免曲艺的影视化,远离大导演、大手笔、大投入与大制作,逆流而动、坚守本色或许才是曲艺突围的可取路径。如果说接地气的曲艺是小众的,那么已经在中国传衍了近百年的源自西方的话剧、歌剧、舞剧等所谓的高雅艺术更是小众的。不要想让普天下的人都喜欢原本属于方言、方音与地方的曲艺,让曲艺回归自我、回归"小众"!

这并非是说要曲艺远离"高雅"。相反,曲艺应该自信地回归它原本有的"史诗"本色,有着义不容辞的担当豪气和舍我其谁的自信底气。一方面,如同《东京梦华录》《梦粱录》和《武林旧事》诸书记述的宋代勾栏瓦肆早就有的"讲/演史""小说""说三分"等那样,把大历史曲艺化、通俗化、市井化、琐碎化、亲情化,直面天灾人祸、战争风云等深远影响众生的历史事件,说唱天下。另一方面,凝视生老病死、家长里短、时事新潮等日常生活,紧贴乡亲、街坊的喜怒哀乐,用土得掉渣的乡音、乡情、乡韵拨动人的心灵世界,触碰观者的神经末梢。如此,无论哪类题材,无论在什么样的舞台,面对什么样的观者,曲艺必能直击人心,营造出一个可以聆听、默观并陶醉其中的艺术世界。

正因为如此,反映伟大抗战的四川谐剧《川军张三娃》、南昌清音《傲雪红梅》、潞安大鼓《一个都不许死》,讥讽贪腐的数来宝《局长的茶杯》、谐剧《电话铃响过之后》，反映当下市井生活的谐剧《麻将人生》、相声《出租司机》《我的房子呢》等，这些已经上演的曲艺节目才让观者为之动容，拍案叫好。当巧妙地触及人类普遍的情感时，小众的曲艺就成了大众的，还有了不可取代的独一无二性、即时即地性，自然散发出本雅明称许的光晕。

当然，要曲艺逆流而动、坚守本色，并非说要曲艺故步自封、画地为牢，自绝于技术世界，对快捷传播的技术手段视而不见，而是说要有意识地抛却被好莱坞风格规训下的大投入大制作影视千篇一律、徒有其表的空壳本质。无论是从传播学的角度而言，还是从资料档案学的角度而言，有料、经典的曲艺视频化，即后续传承传播，是其艺术生命完成的一个必不可少的阶段。

如此，在视频化时代精英们欲扶持和发扬光大的传统佳节，曲艺首先可以以自己的方式，艺术化地呈现这些节庆之于一个国家、一个民族、一个地方、一个个体的价值与意义之所在。节庆之于人类的意义不仅仅是闲暇、娱乐、狂欢以及温暖，它还有反思自己，敬畏天地人神的神圣本色——宗教性。春节时送财神说的吉利话等原本在旮旮角角存生、鲜活的曲艺是传统佳节的一个重要组成部分，绝非与个体节庆生活关联不大的点缀。对于与土地为伍、与大地相依为命的众生而言，热闹又安静的曲艺实则是外显的传统佳节本身。

不论是相声还是二人转，无论哪种曲艺，上不上央视、上不上春晚、能不能走出国门都无足轻重，有没有"巨星"、现不现身大小的文艺汇演、庆典节目也不足挂齿。包括节庆在内，日常生活世界中的曲艺是面对每个个体、直面人生的。我们要做的是真切认识曲艺的乡土本色，并在节庆期间激活其本色，赋予其之于地方、民众，尤其是小我的意义。

五 都市中国的乡土音声

今天的中国是一个电子技术大行其道、都市生活方式无孔不入的技术世界。现代社会奉行的文明,或者说都市文明的基本准则是以西方为标杆的。在最简单的意义上,抽水马桶安装到哪里,沐浴喷头安装到哪里,就意味着(西方/都市)文明——洋气——到了哪里。但是,这个抽水马桶和沐浴喷头遍布的"都市中国"又是无法剪断传统脐带的历史悠久的伟大中国。非物质文化遗产保护运动正是在急剧、快速都市文明化——西方化的中国聊以充实和自救,从而可持续发展的强心术、还魂针,是要全民树立文化,尤其是传统文化和民族民间文化的观念、意识,从而主动、自觉地传习、发扬,最终使得在技术层面与世界趋同的都市中国同时是色彩鲜明的文化中国。

虽然向本土传统的回归还基本是一种自上而下的呼召,滞留在形式化层面,还有标准化甚至空壳化的"雾霾"隐忧①,但在这个多少有些文化自觉、自救与振兴的大业中,凝聚、浓缩乡土音声的曲艺显然大有可为。在技术世界,无论是政治的、市场的还是娱乐多元化的原因,明显有着"守旧"色彩,坚守方言、地方和音声的曲艺都面临着两种路径:退化和蜕化。

①　岳永逸:《非遗的"雾霾"》,《读书》2016 年第 3 期;《粽子与龙舟:日渐标准化的端午节》,《中原文化研究》2016 年第 2 期。

退化是不知不觉地无视甚或舍弃曲艺的乡土本色,唯技术马首是瞻,亦步亦趋地跟着话剧、戏剧、流行音乐、电影电视走,跟着明星大腕、大导演、大制作走。这就出现了诸多乱象:声、光、色、电等舞台布景形式比表演的内容和艺术性重要;话筒、喇叭、卡拉 OK 伴奏带比演员的嗓门重要;唱比说重要;旁观比聆听重要;故事比故事的艺术化呈现重要;能否上央视、能否得领导喜欢、获奖比是否真正受观众欢迎重要,等等。这样,因为舍本逐末,形式上进步而时尚并确实有着曲艺元素的"新曲艺"一本正经地退化了,乃至于不少费钱费力的曲艺严肃地加入了"空壳艺术"的行列,成为仅仅悦上、媚俗的景观艺术,一种可机械复制的浮华的技术的艺术。

要摒弃退化,将之变为凤凰涅槃、蟒蛇蜕皮般的蜕化、再生,既需要将曲艺还归于民、重归乡土本色,更需要从业者对土得掉渣的曲艺要有敬畏之心、感恩之心。在相当意义上,宗教与文艺都是"情感的产物"①,都有着让人忘我的神圣性。不论哪种曲艺,无论是当下西南中国乡野偶尔还有的春节期间的说傩傩(戴着面具前往各家各户说吉祥喜庆话,从而讨些钱物),还是已经高富帅并长期雄踞电视广播的说书,都有着或多或少的宗教渊源,至少可以追溯出宗教性的起源。这种宗教性使得乡土中国的演者——江湖艺人不仅是戏剧理论通常所谓的入戏、移情的演员,更是与所表演的曲目融为一体、物我两忘,并始终敬畏祖师爷——行业神的子民。② 在眼观六路耳听八方、见多识广的江湖历练中,一个左右逢源、八面玲珑、随机应变的艺

---

① 周作人:《周作人散文全集·第二卷》,桂林:广西师范大学出版社,2009 年,第 331—335 页。

② 岳永逸:《灵验·磕头·传说:民众信仰的阴面与阳面》,北京:三联书店,2010 年,第 302—346 页。

人在祖师爷的庇护、恩宠下,能够不露痕迹地使表演的内容、情节、说唱的言语如同山泉,潺潺地从心底流出,涌向观者。[1]

2010年4月18日,农历三月初五,正值河北井陉县苍岩山庙会。当天,在玉皇顶院内,有一出名为"老母叫街"的朝山进香的陆香头娱神的即兴表演。这出历时十多分钟的即兴演出,香客又俗称"念老母叫街",表演的是无生老母拖儿带女沿街乞讨的苦难情景。通常在表演时,演者左、右会有男、女小孩随行。但是,当天该朝山会并无儿童,因此场中只有香头独演。

在玉皇顶院内这个天幕地席的露天舞台,在焚香叩首后,陆香头坦然将白色毛巾包在头上,右手拄着拐棍,左手拿着残破的口袋,跌跌撞撞,绕圈徐行。左近的香客迅速合围了上来,八九平方米的剧场——彼得·布鲁克称道的"空的空间"[2]——瞬间形成。在这个"没有间隔、没有任何障碍的完整场地"[3],从第一声鼓响开始,"乐师、演员和观众就开始分享同一世界"[4]。

这出以念佛为主色的演出,我们当然完全可以说它本身就是宗教的。但毫无疑问,它也是一场道具简陋、角色缺失的即兴表演。更为关键的是,这场即兴表演有着让人震惊的艺术感染力。显然,这种艺术感染力首先源自祛除了所有伪装的演者——香头和观者——香客"感性的、直接的、活生生的交流关系"。[5] 而这种交流关系又是以

---

① 岳永逸:《空间、自我与社会:天桥街头艺人的生成与系谱》,第51—90页,第96—106页,第214—225页。

② Peter Brook, *The Empty Space*, Harmondsworth: Penguin, 1972.

③ 翁托南·阿铎:《剧场及其复象:阿铎戏剧文集》,刘俐译,台北:联经出版社,2003年,第104页。

④ 彼得·布鲁克:《敞开的门:谈表演和戏剧》,于东田译,北京:新星出版社,2007年,第48页。

⑤ J. Grotowski, *Towards a Poor Theatre*, London: Methuen & Co. Ltd., 1968, p. 9.

他们双方共享的经验为基础,即对神灵的敬畏和对普遍意义上个体原初苦难的凝视。香头即兴演出的目的不是索取,而是全身心投入的奉献,是为神明"当差"。他演绎神(当然也是"人")原初的苦难,直击人心,让观者在瞬间回到世界的起点。

表演完时,在体力透支的情形下,香头还不忘跪拜磕头,向神明示意谢恩。熟悉近百年中国剧场史的人都知道,直到二十世纪四十年代,艺人在演出前拜祭后台的祖师爷是绝对不可少的仪式化行为。在后台化妆好的"关公"本身就是一种禁忌,任何人都不得与之交谈。同样,在连阔如、新凤霞、关学曾等人笔下回忆性、自传性的文字中,这些仪式化的敬拜仪礼屡见不鲜,是艺人日常生活的常态。如今,我们当然可以说这些祭拜行为是愚昧的、落后的、迷信的,但我们完全无法否认这个对祖师爷敬拜仪式凝神静气、抱元守一的正面功能:演者剔除杂念,直面舞台,让自己与自己的角色、要念唱的言语、故事完全合体,从而感染观者、愉悦观者,引领观者一道入戏,与观者融为一体。

在科技昌明的当下,我们显然不能提倡回归当初以乡土和农耕文明为底色的演艺行当普遍存在的神明敬拜,但我们完全可以提倡对曲艺这种艺术形式本身的敬畏,演者有甘为自己所从事的曲艺献身,甚至甘心为仆、厮守终生的心态。对于从业者而言,曲艺确实关涉生计,但它更应该是从业者的心之所在,甚或生命之所在。

其次,蜕化还是演者对观者的敬畏。即上下始终念叨的文艺究竟服务于谁、怎么服务的老话题。不容置疑,原本融于地方日常生活的曲艺服务于街坊邻里、乡里乡亲,从业者心里必须时时刻刻、真真切切地装着可能有的观者,为他们服务,急他们之所急,想他们之所想,演他们之所演,而非高高在上、不可一世的自绝于观者,认为自己是"送文化下乡"的反哺施恩者,是个"非常人"。因此,远近哪家有生辰寿诞、红白喜事,哪村有庙庆、赛社、市集,昔日走街串乡的艺人个个都"门儿清"。不仅如此,在这些不同的场合能说演什么,表演到什么程度,他们心中雪亮,自有一把尺子。

　　2007 年 4 月 19 日,正值山西洪洞县羊獬历山三月三接姑姑送娘娘迎庙会。① 当天,历山娥皇女英殿西侧南北向空地,是来自霍县的盲艺人郭国元卖艺的场子。在以他一人为中心的这个露天的"质朴剧场",幌子正中写着"无君子不养艺人,心善者必富贵",上款是"无依无靠卖唱为生",下款是"四海为家老艺人郭国元"。因为是庙会,他在此处的演唱更多的是替香客许愿还愿,即有着还愿戏性质的"说神书"。因此,这个形制简陋的质朴剧场也是个观演双方共享的"神圣剧场"。

　　不仅如此,对于老观者与老主顾,赶庙会流动卖艺的他能够听音识人,能脱口而出这些人的名字,曾经是因啥事在啥地方许愿还愿。在庙会这个原本流动性很蛊的江湖社会,利用自己目不能视的纯净与博闻强识,郭国元建构了一个"心中有你"的温馨暖人的熟人社会。这种情意浓浓的关系网的建立和走到哪里都是好生意的"火穴",是以演者对观者的敬畏并兢兢业业服务于观者为前提的。

　　在这个已经被视为自然也是理所当然的技术世界,对他者而言完全可能是佶屈聱牙、呕哑嘈杂的曲艺的生命力究竟在哪里? 曲艺不仅是需要自上而下保护的非遗,不仅是职业、饭碗与名利,曲艺本

---

　　① 该庙会的传衍情形,可参阅周希斌主编:《尧舜之风今犹在:洪洞羊獬"三月三接姑姑迎娘娘"远古走亲传统习俗》,北京:中国戏剧出版社,2006 年;陈泳超等:《羊獬、历山三月三"接姑姑"活动调查报告》,《民间文化论坛》2007 年第 3 期。

身是神圣的,是都市中国厚重、久远的乡土音声,也是这个技术世界的精卫。对曲艺本身敬畏,不妄自菲薄,对观者敬畏,不妄自尊大,可能是曲艺从业者、管理者、经营者的双拐！有敬畏之心,技术世界曲艺的蜕化也就有了可能。

数据掺水、口碑虚造、"山寨"评选，"假"你没商量！

陈　芳　许晓青

这是一个粉丝经济时代，也是一个口碑经济时代。

票房热热闹闹，场内冷冷清清；"粉丝"一片叫好，观众却大呼上当；某某盛典、某某之夜，数不胜数，排行榜、指数表，千奇百怪，却找不出几个"演技派"……

2015 年我国电影票房超过四百四十亿元，稳居世界第二。同期，电视剧生产超过一万五千集，全国备案上线的网络剧同比增长七点七倍。一系列向好的数据，在 2016 年出现波动，尤其商业院线电影票房出现了同比增幅放缓。

近年来，影视文化圈出现一些新怪相：除了明星片酬水涨船高，与之相关联的市场数据、口碑、观众评价专家评奖，都可能被注水被"伪装"。假数据、假口碑"涮"了谁？

一 雇水军、拼票房、斗收视假口碑泡沫越吹越大

票房成绩,代表了有多少观众愿意为这部电影埋单。可类似超十亿甚至二十亿元票房的一些电影,有的却不断玩起数字游戏。2016 年二季度以来,中国电影票房出现增速放缓现象。观众日趋理性的观影习惯,令以往一些买票房、补票房、偷票房等多种变相刺激市场的行为,都开始变得无所遁形。

国家新闻出版广电总局电影局 3 月公布对《叶问 3》的调查结果:该片存在非正常时间虚假排场现象,查实的场次有七千六百余场,涉及票房三千二百万元。同时,该片总票房中含有部分自购票房,发行方认可的金额为五千六百万元。

一些电影高票房的神奇泡沫正在被戳破。透过《叶问 3》,电影市场围绕票房收入"剑走偏锋"的手段也随之暴露。一是由制片方、运营方出资购买部分电影票,但影院实际上座率与购票情况不符;二是通过票务补贴形式,强刺激消费者观影冲动,在短期内"制造"观影次数和较高票房;三是将甲作品票房,挪作乙作品票房,人为制造"现象级"作品,甚至带歪观众欣赏趋势和审美。

"偷票房""幽灵场""塞红包""高返点"屡被业界"吐槽"。业内人士透露,影片出现的虚假排场、自购票房等行为,目的在于推高票房至一定程度,从而获取较高的经济收益,这种方式也在某些场合被称为"对赌",投资方、发行方或可能获得数倍于预期的资本收益,实现"名利双收"。

上海电影家协会副主席石川指出，在网络平台"票房补贴"、制片方自购电影票等行为尚难依法界定其行为边界，但可以肯定的是，做大单片票房的基数，直接是为实现制片方的利益分成最大化；在短期内可以营造市场繁荣、一片叫好的景象，但长期则会导致"短平快"的粗制滥造项目激增，令观众心生厌恶。

除了发行方虚假排场、自购票房等行为外，院线偷漏瞒报、挪用票房等行为也是长期难以根除。中国电影发行放映协会曾曝光影院违规使用"双系统"售票，或者通过制售手工票等手段，长期偷漏瞒报电影票房收入，截留票款。还有部分院线存在把 A 影片的票房偷挪给 B 影片等违规行为，这种偷那票房的行为在一些基层院线成为"潜规则"。

与票房虚高相对应的是新闻出版广电总局一直以来强调必须破除的"唯收视率"现象。在传统收视数据统计领域，长期以来存在数据失真现象，部分中西部省份的样本户一天二十四小时将电视频道调至某"被指定"的卫视频道，导致无论哪部电视剧播出、哪档综艺节目走红，若干省市主要城市样本数据始终停留在较高位置，从而导致全国性的数据失真。

业内人士指出，部分卫视为"斗收视"，还不惜引导第三方制播机构，通过商业手段哄抬收视率，以达到部分"对赌"合同的短期超高数据、超高收益。"热钱"潮来潮往，扰乱整体的电视播出格局。例如，2015 年秋季的高口碑电视剧《琅琊榜》等，斩获飞天奖等国家级荣誉，但仍难抵挡部分收视数据被"偷走"的可能性。

铺天盖地宣传，"全明星演绎"，各大明星、名人的推荐等，这对于许多人来说是具有诱惑力的，佢营造的也可能是虚口碑。有信息显示，一个拥有百万粉丝的微博账号为一部电影做宣传，报价只有五万元左右,十万粉丝的账号则为五千元左右,这些费用较实体宣传的费用连个零头也不到。网络水军被用以电影的推广经营,由来已久。业内人士称:"这两年,几乎每一部影片都会通过专业公司在业内有影响的网上刷分。"

二　假印数、虚口碑、注水点击率"没红可以装作红"

今年早些时候,编剧汪海林曾在一次论坛上疾呼:市场的趣味是伪造的,有人伪造了一个市场、伪造了观众的口味。"这可以说是造假者实现了大联合。一部戏,资本平台、数据平台、播出平台整合好,不红也得红,没红可以装作红了。"

从造假源头看,一个热门文学IP(网络文学版权),从网上连载时的点击率,到印成书籍后的印数,再到读者口碑和观众点击播放量等,一连串数字被虚造、被神化。

"一部所谓的现象级文学作品,或许只是当初在印数上多写了一两个零。"一名出版界工作人员透露,此类"造假"对于全产业链而言是防不胜防,往往影视制作和观众都会被误导。

我国从事网络版权交易的主要平台之一——阅文集团披露,在网络文学版权交易中,不乏从原始点击量和印数上造假的现象。一些网上登载的阅读量排行榜包含水分,从源头上影响到IP交易的科学决策,虚高的出版销售码洋和阅读点击数据,导致部分所谓的文学"网红"并不如实际那般红,只对IP交易形成单边刺激,实际文学性、戏剧性和语言文字的美感都被弱化,不利于鼓励真正的精品力作脱颖而出。

2016 年 8 月发布的《中国互联网络发展状况统计报告》显示，截至 2016 年 6 月，我国网络视频用户规模达五亿一千四百万，较 2015 年底增加一千万。其中，手机网络视频用户规模为四亿四千万。

而 2015 年网络播放量最高的影视剧《花千骨》号称已突破两百亿次大关，这个数字已经是中国总人口的十五倍，意味着一部五十集的电视剧，大约有四亿人每集必点击观看，或者是全国十三亿人，每人点击播放了十五次。而相关读者反映，整部作品的语言呈现完全不能体现数据的含金量。

2016 年以来，又有根据《诛仙》改编的《青云志》，由《盗墓笔记》前传新编的《老九门》等热门影视作品，短期内其网播数据动辄上探几十亿，一些细分数据的增长速度之快、幅度之大，令业内研究人员也难以信服。

电影电视要赢得市场，赢得观众，自然要做必要的宣传。"酒香"也怕"巷子深"，一些公司也是使出浑身解数，不只是微信，包括直播、短视频等新的互联网传播或社交平台，都存在大量"刷量"现象。

在这条"流水线"上，还培育了一批"僵尸粉"和"职业粉"。一家专门从事网络内容营销的公司介绍，前者是社交媒体和网播平台上的基数，造成供不应求的局面。后者是以培训为诱饵，将"路人甲"们集聚起来，包装成"骨灰级"的爱好者，引导消费走向，夸大作品内涵。

按道理，广而告之的内容应当实事求是，但刷点赞数、长粉丝数已成为一个成熟的灰色产业链，不断侵蚀着互联网时代文化领域的诚信生态，反噬着真正的优质内容创造者，受众的信任度越来越低，扭曲的价值也对其他行业产生影响。

三　金杯变成水晶杯，评奖纷争几多雷

"艺人指数""年度最佳"等登堂入室的评奖活动，也不时冒出虚假浮夸之风。"来的都给奖，来的才有奖。"活动主办方图个"声名远播"，明星艺人不嫌"光环叠加"。某数据统计类网站公布的榜单，连续出现满屏低龄男女演员，毫无演技可言。无论奖项颁给谁，都能从中分得一杯羹。

据了解，近年来，中宣部、国家新闻出版广电总局从严规范国家级各类文艺奖项颁发，压缩部分奖项设置，刹住了行业内歪风邪气。但同时，部分民间机构或组织也发现"有机可乘"，一些自发的评奖活动，随着热钱涌动，与网络平台形成黏合关系，举办频次和规模大而无当。

一种现象是密集重复举办评奖活动，短期内赚取广告及赞助收益。某以"华"字开头命名的民间影视评选活动，在一年不到已办了三届，其中一届跨年份多次举办，中间间隔数月，时而针对电影、电视剧，时而又直接点名艺人，每每颁奖超过二十项。为了吸引更多"大腕"到场，不惜代价设置千奇百怪、名不副实的奖项，调整"主角、配角"称呼和排序，借此实现利益最大化，手法之多令人咋舌。

另一种现象是依托国家级奖项，地方上制造"变种"，以某某节、某某展的形式，巧立名目，成倍增加颁奖项目和数量，从而增加明星、名人出席活动的概率，从中牟取额外的高收益。有一些所谓的获奖

高手，明明没演技、没内涵，却能通过评奖和获奖制造话题、提升关注度。这其中也不乏一些经纪公司和剧组选择特别的时间节点，操控网上话题。

"把金杯变成水晶杯，把金奖变成人气奖、网络票选奖、最受观众喜爱奖等，真是花样百出。"部分网友反映，近年来一些在老百姓心目中颇具地位的评奖活动，也借口网络版、青年版等，衍生出奖项设置的"双胞胎""三胞胎"。其正版活动旨在完成政府交给的任务，而"克隆"的"山寨版"则旨在拉抬人气，大幅提升承办方的经济效益和广告进账。有的还假托名义提升承办方的社会影响力，以期牟取更多暴利。而评出的奖项，完全与演员演技和作品文化内涵无关。为了个别奖项，真假"粉丝"还被忽悠、被引导到网上"互骂互掐"，提升网络流量，形成恶性循环的网络不良风气，却令幕后操纵者通过流量快速变现，赚取不义之财。

一位拒绝参加此类排行榜颁奖活动的知名演员告诉记者，一来奖项大同小异，完全没有必要过度渲染演员的"高大上"；二来部分评选活动明显只是为了广告赞助，对于演员自身的修养和作品的好坏，完全没有主心骨和价值观判断可言。

四 假口碑还能刷多久，挤干市场水分势在必行

铺天盖地的宣传、社交网络上的巨大赞誉量、雇佣水军狂刷的口碑、知名"砖"家与大 V 的联名推荐，如此覆盖率对社会的影响不可谓不大。然而，做病毒式营销的口碑传播，又能得到社会多少真正的

承认？

业内研究者称，一些虚高的票房会对中国电影市场带来影响。因为国内外电影投资者需要一个准确的票房数据，"数据不准确对他们来说是致命的，搞不清楚数据，他们就不敢投资。片方的利益也就难以保障，更重要的是影响政策制定者对市场的判断，甚至阻碍到行业发展"。

上海电影家协会副主席石川认为，个别影院和影片出现的不当竞争行为，给市场健康发展带来了挑战，不仅会影响我国电影产业的整体发展，也会降低观众的实际观影品质。

国家新闻出版广电总局电影局负责人表示，产业化改革给中国电影带来了勃勃生机，但偷漏瞒报票房、影片侵权盗版、衍生品的知识产权缺乏保护等，给电影产业发展造成了很大伤害。

偷漏瞒报票房等潜规则之所以能长期存在，与监管不及时、常态监管和技术升级缺位等有关。一些影院违规手段不断升级，翻新了花样，提高了技术含量。例如，利用售票系统中的'订票不出票'功能，打印电影票，但票款不计入票房；个别影院甚至在售票系统中安装了专门程序，每天上报票房可以按自己设定的比例上报，违规手法更加隐蔽。

为了加强对市场的管理，电影主管部门从政策和技术两个层面"双管齐下"。近些年来，先后发布《电影院票务管理系统技术要求和测量办法》《关于加强电影市场管理规范电影票务系统使用的通知》《关于做好电子商务售票工作的通知》《电影票务营销销售规范》《关于严厉打击在影院盗录影片等侵权违法行为的通知》。

有关主管部门还将建立"影院经理的黑名单制"等，严厉打击票房造假。搭建技术平台防范市场乱象也是当前电影管理部门努力的重点领域。

这是信仰的时期，这是怀疑的时期。人们相信文化界会在正确的指引下走向健康的发展，也批评文化界存在的一些"病患"。在繁荣与乱象、憧憬与警醒中，文化界也将走过不平凡的 2016 年。

附录一　北京文艺评论 2016 年度优秀作品名单①

著作四部

【文学】　邵燕君　《网络时代的文学引渡》
出版：广西师范大学出版社，2015 年 12 月

【戏剧】　宋宝珍　《心镜情境——中国话剧的人文景观》
出版：北京时代华文书局，2015 年 3 月

---

① 在中国文联、中国文艺评论家办会举办的中国文艺评论 2016 年度推优活动中，《网络时代的文学引渡》(作者：邵燕君)、《中国古典舞学术述评》(作者：苏娅)两部文艺评论著作与《文学的新演变与新形态》(作者：白烨)、《回归戏剧本体——来华演剧热潮带给我们的启示》(作者：胡薇)两篇文艺评论文章，被评为"中国文艺评论 2016 年度优秀作品"。

【舞蹈】 苏 娅 《中国古典舞学术述评》
出版：中国文史出版社,2015 年 8 月

【电影】 张智华 《多媒体时代中国电影批评及其价值取向》
出版：中国电影出版社,2015 年 12 月

文章六篇

【文学】 白 烨 《文学的新演变与新形态》
原载：《北京文学》2016 年第 3 期

【戏剧】 胡 薇 《回归戏剧本体——来华演剧热潮带给我们
的启示》
原载：《艺术评论》2016 年第 5 期

【美术】 于 洋 《主题性创作如何走出模板化》
原载：《中国文化报》2015 年 3 月 15 日

【民间文艺】 毛巧晖 《民族国家与文化遗产的共构——
1949—1966 年中国少数民族神话研究》
原载：《中南民族大学学报》第 35 卷第 1 期（2015 年 1 月）

【杂技】 柴 莹 《〈旅程〉——小剧场魔术的新范式》

原载:《杂技与魔术》2015 年第 6 期、2016 年第 1 期

【电视】　刘　颖　《〈环球春晚〉打造中国文化国际传播新路径的方式》

原载:《当代电视》2015 年第 5 期

附录二　北京文艺评论 2017 年度优秀作品名单①

著作类六部

【文学】　饶　翔　《知人论世与自我抒情》

出版：山东文艺出版社,2017 年 4 月

【文学】　李云雷　《如何讲述新的中国故事》

出版：北京十月文艺出版社,2017 年 6 月

【文学】　丛治辰　《世界两侧：想象与真实》

出版：北京大学出版社,2016 年 11 月

---

①　在中国文联、中国文艺评论家办会举办的第二届"啄木鸟杯"中国文艺评论年度推优活动中,文艺评论文章《唯拓展方能超越——主题性美术创作的内涵范畴及其未来机遇》(作者：于洋)被评为第二届"啄木鸟杯"中国文艺评论年度优秀作品。

【文学】　景俊美　《回望与探索：文艺评论的价值确立与文化立场》

出版：北京出版社,2017 年 5 月

【电视】　戴　清　《剧变之思——戴清剧评》

出版：北京十月文艺出版社,2017 年 6 月

【舞蹈】　于　平　《中国古典舞学科建设综论》

出版：上海音乐出版社,2017 年 5 月

文章类十篇

【文学】　舒晋瑜　《驻校作家能否推动大学教育变革》

原载：《中华读书报》,2017 年 5 月 10 日

【戏剧】　颜　榴　《后现代戏剧时代,评论何为》

原载：《艺术评论》2016 年第 10 期

【戏剧】　胡　薇　《"十年磨剑"的得与失——由话剧〈玩家〉引发的思索》

原载：《戏剧文学》2016 年第 12 期

【戏曲】　俞丽伟　《绘画与生活——梅兰芳手势艺术提升的他

山之石》

原载:《戏曲艺术》中国戏曲学院学报,2017 年第 1 期(季刊)

【美术】　曹庆晖　《"剥去皮看到本然,那才是生命力最强的"——由〈矿工图〉谈周思聪的艺术觉醒与风骨实现》

原载:《文艺研究》2017 年第 5 期

【美术】　于　洋　《唯拓展方能超越——主题性美术创作的内涵范畴及其未来机遇》

原载:《美术观察》2017 年第 1 期

【音乐】　李　岩　《君归来兮?——打开〈何日君再来〉的"死结"》

原载:《理念·视角·方法:中国音乐文化史研究》,文化艺术出版社,2017 年 6 月

【音乐】　刘晓江(江江)　《陆华柏艺术歌曲的意象及调式和声的观念》

原载:《音乐与表演》2017 年第 1 期

【民间文艺】　岳永逸　《技术世界民间曲艺的可能》

原载:《华东师范大学学报(哲学社会科学版)》2016 年第 4 期

【电影】　陈　芳　许莜青　《数据掺水、口碑虚造、"山寨"评选,"假"你没商量!》

原载:《北京文学》2016 年第 12 期

作者简介

白烨，七十年代毕业于陕西师范大学中文系并留校任教。八十年代初调至中国社会科学院，先后在中国社会科学出版社和文学研究所工作。现为中国社会科学院文学研究所研究员、中国当代文学研究会会长、中国文艺理论学会副会长、中国作家协会全国委员会委员、中国作家协会理论批评委员会副主任、北京作家协会理事，政府特殊津贴享受者。

研究方向为中国当代文学研究，学术专长为作家作品评论与宏观走向考察。自八十年代初期以来，在当代文学的理论批评和作家作品评论方面，撰著了三百多万字的理论批评文章，出版了《文学观念的新变》《文学新潮与文学新人》《文学论争二十年》《赏雅鉴俗集》《批评的风采》《观潮手记》《热读与时评》《演变与挑战》《边看边说》《新实力与新活力——我看"80后"》《文坛新观察》等十余部文学理论评论著作；另主编有"中国文坛纪事"（1999—2016）、"中国文情报告"（2003—2016）等多种文学选本和年度文学现状概观图书。

胡薇,中央戏剧学院戏剧文学系教授,博士生导师。

先后开设专业主课"写作""影视写作""电视剧作品分析""中国文学""中国戏曲""中国文论"等课程。中央戏剧学院戏剧文学系国家精品课程"写作课"项目组主要成员。

北京市文艺人才"百人工程"培养人选。国际戏剧评论家协会(IATC)中国分会理事、中国电影文学学会理事、中国话剧理论与历史研究会常务理事、中国少数民族戏剧学会理事、中国青年志愿者协会理论研究工作委员会委员等。

创作《启功》《音·为爱》等舞台剧作品;《麻辣婆媳》《人命关天》等影视作品;论著《野豌豆》《回归戏剧本体》《探索民族化、个性化的戏剧表达》《传统,影响未来》《自古真情可动天》《悲与喜的微妙平衡》《触动人心的"舞台写作"》《改编热潮下的危机》《戏剧,是一种信仰》《珠箔飘灯独自归》《论曹禺剧作中的"死亡"》等。

荣获中国文艺评论 2016 年度优秀作品、第九届中国话剧金狮奖、第五届中国戏剧奖、第八届全国戏剧文化奖、第四届中国戏剧奖、全国第九届群星奖、北京文艺评论 2017 年度优秀作品等。

于洋,中央美术学院副教授、硕士生导师,国家主题性美术创作研究中心副主任,中央美术学院中国画学研究部主任。美术史博士、艺术学博士后。兼任北京青年艺术发展促进会会长,北京文艺评论家协会美术书法摄影艺委会秘书长,中国传媒大学、东北师范大学特聘博士生导师,中国美术家协会会员、中国文艺评论家协会会员。在国家级权威核心期刊等发表学术论文百余篇,合计八十余万字。独立主持国家社科基金、文化部艺术司研究项目等课题,2014 年获评教育部霍英东教育基金高校青年教师奖,2017 年获中国文艺评论家协会年度优秀论文奖"啄木鸟杯""历史与现状"首届青年艺术理论成果评选优秀论文奖。

毛巧晖,中国社会科学院民族文学研究所研究员,硕士生导师。中国民俗学会理事、中国少数民族民间文学学会理事、北京文艺评论家协会民间文艺委员会副秘书长。学术专长:民间文学学术史。主要出版专著《涵化与归化——论延安时期解放区"民间文学"》《20世纪下半叶中国民间文艺学思想史论》《记忆、表演与传统——当代文化语境下安泽文化寻踪》。发表论文《民族国家与文化遗产的共构——1949—1966年中国少数民族神话研究》《现代民族国家话语与民间文学的理论自觉》《现代民族国家话语与〈刘三姐〉的创编》等四十余篇。

柴莹,2008年毕业于中国社会科学院文学系,获中国现当代文学专业博士学位,同年进入北京市文联研究部工作,评为副研究员,2013年进入北京市文联北京杂技家协会工作。出版专著《文化视域中的"张艺谋"》。文章《春晚魔术的发展及新媒体对其的影响研究》获第九届中国杂技金菊奖第八次理论作品银奖,《〈旅程〉——小剧场魔术的新范式》获《杂技与魔术》"全国优秀杂技理论作品"第一名。发表数十篇文学、电影、魔术方面的学术文章。

刘颖,高级编辑,先后毕业于中国传媒大学、英国贝德福德大学,在北京电视台工作近二十年,曾经策划、导演过大型晚会、纪录片、专题片等多类电视节目,并多次获奖。

曾撰写并发表过多篇专业论文:《北京地区中国文化国际传播

的现状与对策研究》《纪实性栏目受众市场探析——以北京电视台
〈纪实天下〉为样本》《浅谈国际时事评论类栏目的百姓出路——以
北京电视台〈环球冲浪〉为例》《浅析以核心竞争力为抓手提升栏目
整体收视率》《浅析〈军情解码〉的大众口味与专业军事节目表达》、
《故事化表达如何强化体育赛事的传播效果——以 2014 年巴西世界
杯决赛转播为例》《北京电视台〈环球春晚〉如何打造中国文化国际
传播新路径》《从两张新闻图片的热转谈传统媒体与新媒体的融
合》等。

　　已出版文学作品《带上妈妈去看世界》（三联书店）、专业理论作
品《电视节目编辑工作探析》（中国广播影视出版社），开办微信公众
号"玛格丽特读书"，定期发布私人读书笔记。

　　舒晋瑜，毕业于中国新闻学院，2007 年加入中国作家协会。自
1999 年供职于光明日报报业集团《中华读书报》，现为总编辑助理。
著有《说吧，从头说起——舒晋瑜文学访谈录》《以笔为旗——军旅
作家访谈录》《深度对话茅奖作家》。

　　颜榴，中央美术学院艺术史博士，德国柏林自由大学美术史学院
访问学者。现为中国国家话剧院研究员，曾任《国话研究》主编。曾
参与创刊国内第一本视觉文化杂志《视觉 21》；任《中国当代艺术史
（1990—1999）》特约编辑；任《美学四讲》《华夏美学》（插图本）特邀
配图，报刊艺术专栏撰稿人。国际戏剧评论家协会（IATC）中国分会
理事，中国文联特约评论员。国家博物馆特邀专家。上海市剧本创
作中心、湖南艺术研究院文艺评论特聘专家，中国演出行业协会艺术
普及教育委员会副主任。曾受邀为日本铃木忠志剧团、香港话剧团、

英国文化协会赞助的访问学者。青年剧评家,著有《京华戏剧过眼录》(2011 年台湾新锐文创出版社),主编《唯有赤子心——孙维世诞辰九十一周年纪念》(新华出版社,2012 年)。翻译著作《色彩手册——西班牙高等艺术院校专业绘画课程》(人民美术出版社,2016年)。2007 年获北京市文联"繁荣首都文艺事业作出突出贡献者"荣誉称号,2015 年入选首都优秀中青年文艺人才库首批人员。获北京市文联第四届文艺评论奖二等奖,中国文联首届、第五届中国戏剧奖·理论评论奖,中国话剧艺术研究会第九届话剧金狮奖·戏剧评论奖榜首。获北京文艺评论 2017 年度推优活动优秀作品。著作《云剧场的大门:1997—2017 北京话剧观微》入选 2017 年"北京青年文艺评论丛书"(第二辑)。

俞丽伟,中国传媒大学戏剧戏曲学专业博士,中国摄影家协会会员,现在梅兰芳纪念馆梅兰芳研究中心从事研究工作。博士期间主要从事梅兰芳研究,其中对梅兰芳手势进行了系列研究,相关论文有《梅兰芳戏曲手势溯源考》《梅兰芳手势在剧目表演中的分类、运用与革新》《梅兰芳戏曲手势表演美学刍议》等。论文《绘画与生活——梅兰芳手势艺术提升的他山之石》获北京文艺评论 2017 年度优秀作品。担任昆曲纪录片《情定三生》总策划,该片荣获中国电视戏曲兰花奖二等奖,首届中国戏曲微电影大赛最佳纪录片奖,四川国际电视节之纪录片单元入围奖,作品在南京电视台、法国明日电视台播出。博士期间独立创作并策展《梅派戏曲兰花指摄影展》,作品获 2017 北京大学生书画艺术作品展摄影类金奖,在中国传媒大学、北京大学、马奈草地美术馆展览并举办艺术沙龙,受到国内外广泛关注。摄影展将学术研究、艺术创作与文化普及三者相结合,力求展现梅派旦角手势神韵,创造图片形式的中国传统文化语境。

曹庆晖,中央美术学院人文学院美术史系教授,博士生导师,北京文艺评论家协会副主席,九三学社社员。致力于近现代中国美术史与美术教育史的教学、科研以及展览等学术活动的策划,策划的展览多次获评文化部全国美术馆年度馆藏和年度展览优秀项目,两度作为中方责任教授联合申请并获得美国盖提基金会资助实施的国际美术调研项目。编著出版有《中国现代美术之路图鉴》以及相关展览图录和会议论文集多种,在专业核心期刊发表论文多篇。

李岩,中国艺术研究院音乐研究所研究员,博士生导师,博士后流动站合作导师,曾任《中国音乐学》杂志(国家中文核心期刊音乐类首席期刊)编辑部主任、副主编,现任《中国音乐年鉴》主编,现在中国艺术研究院音乐研究所、中国艺术研究院研究生院供职,兼任中国音乐史学会理事,中国音乐家协会会员,北京文艺评论家协会会员。2005 年 9 月以来,发表专著六部,编辑《中国音乐年鉴》五部,编辑音乐教育家陈洪文集一部,编辑其他专业书籍四部,各类文章百余篇,获国家及省部级奖项七项。

江江,本名刘晓江,上海音乐学院博士,中国音乐学院音乐学系副教授。主要从事近现代音乐史的教学与研究。发表过音乐史学、美学、和声学等论文以及音乐评论文章。开设课程:音乐学系本科有"中国近现代音乐史""音乐学论文写作""中国艺术歌曲";为本科及研究生实施分层教学的课程有:"音乐释义(本)""音乐释义

（研）”，为研究生开设选修课有“中国近代和声技法研究”等。

岳永逸，北京师范大学教授，主要从事民间文艺学与民俗学等方面的教学与科研，已出版《老北京杂吧地》《行好：乡土的逻辑与庙会》《都市中国的乡土音声》《朝山》等十部专著，也曾获得山花奖、牡丹奖和北京哲学社会科学优秀成果奖等奖项。

陈芳，新华社高级记者，“十佳编辑”，全国“三八红旗手”。长期从事宏观经济和科技报道，坚持在重大、热点、焦点问题报道上有诸多突破，多篇作品获得中国新闻奖、人民文学最佳报告文学奖等。关于“土地流转”报道促进决策层下发《中央 18 号文件》，受到中央财经领导小组的高度评价；关于钢铁业调控的独家调查，在中央加强宏观调控的关键时刻发挥了特殊的重要作用，是当年最具影响力的调查报道，获得中国新闻奖。著有《“芯”想事成——中国芯片产业的博弈与突围》《中国房价缘何高烧难退》等作品。

许晓青，历史学硕士，2003 年毕业于华东师范大学历史系中国近现代史专业。2009 年起在新华社上海分社工作，现为上海分社对外新闻采访室主任、主任记者。多次获得中国新闻奖、上海新闻奖等，长期从事时政、文化类新闻报道。在中国新闻对外报道上善于讲好中国故事，获海内外读者和媒体同行好评。

图书在版编目(CIP)数据

北京文艺评论2016－2017年度优秀作品汇编／北京市文学艺术界联合会编.—桂林：广西师范大学出版社，2020.1

ISBN 978－7－5598－2378－6

Ⅰ．①北… Ⅱ．①北… Ⅲ．①文艺评论－中国－当代－文集 Ⅳ．①I206.7－53

中国版本图书馆CIP数据核字(2019)第254028号

出品人：刘广汉
责任编辑：魏　东
助理编辑：罗　兰
装帧设计：王鸣豪

广西师范大学出版社出版发行

(广西桂林市五里店路9号　　邮政编码：541004)
(网址：http://www.bbtpress.com)

出版人：黄轩庄

全国新华书店经销

销售热线：021－65200318　021－31260822－898

山东鸿君杰文化发展有限公司印刷

(山东省淄博市桓台县寿济路13188号　邮政编码：256401)

开本：690mm×960mm　　1/16

印张：16　　　　　　字数：200千字

2020年1月第1版　　2020年1月第1次印刷

定价：78.00元

————————————————————————

如发现印装质量问题，影响阅读，请与出版社发行部门联系调换。